PARC SAUVAGE

Fiction & Cie

Jacques Roubaud

PARC SAUVAGE

récit

Seuil
27, rue Jacob, Paris VIe

COLLECTION
« *Fiction & Cie* »
fondée par Denis Roche
dirigée par Bernard Comment

ISBN 978-2-02-091249-5

www.seuil.com

Première partie : 1942

Chapitre premier

Elle ouvrit les yeux. La clarté qui emplissait la pièce n'était pas celle du jour. Pas celle de l'ampoule nue au plafond. Personne n'avait allumé la lampe du bureau. La lumière venait de la fenêtre, à droite. La grande fenêtre sans volets, sans rideaux, dont les vitres n'étaient pas couvertes de peinture bleue, comme à la maison, à Toulouse. La fenêtre en face d'elle était noire. Noire de nuit et d'arbres. La tête sur l'oreiller, elle refaisait connaissance, dans la clarté douce, avec cette pièce inconnue où on l'avait mise à dormir sur le « cosy ». « Cosy » ne désignait pas le capuchon d'étoffe dont sa mère couvrait la théière mais un divan, engoncé dans une encoignure meublée. Le meuble, de bois verni comme celui du bureau, bordait rectangulairement le divan sur deux côtés. Ses compartiments, suspendus à hauteur convenable, avaient des portes rabattantes vers l'extérieur. Ils ne contenaient guère de secrets, mais surtout des pelotes de laine et autres instruments de tricot. L'oreiller s'enfonçait un peu sous le meuble et à sa gauche.

Dans le creux entre le divan et le mur, elle avait glissé un livre de contes. Elle en avait lu plusieurs avant de s'endormir, maintenue longtemps éveillée par l'agitation du voyage : « La chute de la maison Usher », « Le puits et le pendule »... Elle avait fermé les yeux après « Une descente dans le Maelstrom », la tête envahie de la vision d'un gouffre tourbillonnaire blanc et noir, comme un lavoir gigantesque, comme un puits infini, comme un escalier. Lecture effrayante, d'un effroi délicieux.

Sautant du lit, elle alla, pieds nus, contournant le bureau, jusqu'à la fenêtre éclairée. Quand Vlad avait fait sa valise, il avait oublié d'y mettre sa chemise de nuit. On lui en avait prêté une, celle de la petite Jacqueline, qui avait bien trois ans de moins qu'elle. Elle était blanche, assez rugueuse, trop courte, et la serrait un peu à la taille. La fenêtre donnait sur une verrière et, au-delà, sur la partie cultivée du jardin : potager, fleurs et arbres fruitiers, un quadrillage de treilles enroulées de vigne, avec des muscats noirs et blancs. Il ne restait sur les treilles que des grappillons, en ce début de septembre. Le jardin était tout illuminé d'une lune pleine, extrêmement ronde, basse. Au-delà du mur il y avait d'autres villas, avec des jardins descendant vers la rivière. Elle ne voyait pas jusque-là mais elle savait qu'il y avait la rivière, tout en bas. Elle était déjà venue dans cette maison, mais n'avait jamais dormi dans cette pièce. La lune était basse dans le ciel. Elle dépassait à peine le mur du fond du jardin. Son disque commençait à être entamé par la plantation de tessons de bouteilles dont les propriétaires de la villa voisine protégeaient leur territoire.

Au moment de se recoucher, elle eut envie de faire pipi. La porte était à gauche du « cosy ». Elle sortit sur le palier, hésita un instant. Elle se rappela que pour atteindre les « cabinets » il fallait aller, à droite, sur le balcon. Le balcon se dirigeait vers la gauche, vers la salle de bains, une excroissance, une pièce rapportée collée à la maison à la hauteur de son premier étage, et supportée par le couloir d'entrée dans le jardin. À son extrémité on descendait par deux marches dans la salle de bains, curieuse addition suspendue au bâtiment principal. La baignoire était directement au pied des marches, le sol couvert d'un linoléum crevassé. Il y avait un lavabo et un miroir sur le mur d'en face, une fenêtre à droite, directement au-dessus de la terrasse.

Au fond de la salle de bains, à droite, dans une avancée architecturale encore plus audacieuse, étaient les « cabinets », qui enfermaient des trésors de lecture.

Une pile de livres en effet avait été placée là. Elle suppléait aux défaillances de papier adéquat à ce genre de lieux (*un effet parmi d'autres de la situation de générale pénurie de l'an 1942, trois mois avant l'occupation de la « zone libre » par la Wehrmacht*). Une couverture attira son attention ; violemment, expressionnistement coloriée. Elle représentait une sorte de piscine (en fait, sans doute, un réservoir d'eau dans une cave (?), un château d'eau (?)). L'eau se teintait du rouge de victimes poignardées par un criminel au rictus sardonique et subreptice. Il avait été saisi par le crayon du dessinateur au moment où, son forfait accompli, il remontait par une échelle de corde vers le monde des vivants et la perpétration de nouveaux crimes. Une des victimes se soulevait encore à demi en un geste de surprise mâtinée d'inutile supplication, cependant que les autres avaient déjà l'indifférence flottante de ceux qui sont à la fois noyés et vidés de leur sang. Elle aurait bien voulu lire le livre depuis le début, peut-être l'emmener dans le train, mais une bonne moitié avait déjà « servi ». Et elle avait de nouveau très sommeil. Elle s'essuya de quelques pages de *Rocambole* (c'était de lui qu'il était question), pas très agréables au toucher.

Elle ressortit sur le balcon, s'arrêta un moment pour regarder le grand pin parasol du jardin. Elle allait rejoindre son oreiller dans le « cosy » quand, la main déjà sur la poignée de la porte du bureau, elle entendit des voix.

lune, cosy, balcon, lune, tourbillon, cosy, demain ?, balcon, tourbillon, demain ?, lune

Chapitre deux

On parlait d'elle. Elle avait bien entendu son nom. Quelque chose comme « mettre Dora à l'abri en attendant ». Les voix venaient du rez-de-chaussée, de la pièce qui était nommée « salon ». Elle servait en fait surtout à écouter des disques sur le « pick-up » ou aux leçons de piano des deux aînés des quatre enfants M. Aucun d'entre eux n'avait été là pour les attendre à la gare quand ils étaient arrivés dans l'après-midi. Ils étaient tous partis faire les vendanges chez une tante. Debout, immobile, en haut de l'escalier, elle essayait d'entendre la conversation. Elle aurait bien descendu quelques marches pour être plus près mais elle avait peur de faire du bruit. Les marches étaient en bois, il y aurait eu des craquements.

Chaque fois qu'elle était venue dans cette maison, elle avait joué dans l'escalier avec les enfants, avec leurs cousins parfois. Monter sur la rampe de bois, lisse ; glisser jusqu'en bas, jusqu'au butoir ; remonter ; glisser. Un jeu. L'essence de ce jeu est d'être absorbé dans la spire du mouvement. La pression du bois, le moment de l'accélération sensible est là où l'escalier tourne, où le frottement commence à chauffer les paumes, les cuisses. Une vitesse parfumée de cire, centrifuge. Ou bien, autre jeu : remonter sur la première marche, sauter ; sauter de la seconde, de la troisième marche. Plus haut, s'appuyer d'une main sur le mur, de l'autre sur la rampe. Aller chercher le plus bas possible le mur, la rampe. Glisser peu à peu des mains vers le bas, prendre appui, élan, des doigts de pied (nus ?) sur l'arête de la neuvième, dixième marche, ramasser les jambes sous soi en bondissant. Dépasser l'angle du mur, jeter alors les jambes en avant du corps, pour que le bond le plus haut commence dans le tournant, pour que la flèche de la chute tourne avant de se précipiter vers sa cible invisible, le sol.

« Vlad, Vlad, disait maintenant madame M., vous avez déjà trop attendu. On vous l'a dit vingt fois. Il y a eu des rafles à Lyon. Ça va venir ici, croyez-moi, et d'abord dans les villes. J'espère que Raymonde sera prudente. » Vlad répondit quelque chose qu'elle n'entendit pas distinctement. Ils avaient peut-être poussé la porte maintenant et les voix étaient devenues plus faibles. Monsieur M., dont la voix était nettement plus forte, prononça plusieurs fois un nom, un nom comique, « Courtesole ». L'« abbé Courtesole » préviendrait quand le passage à travers les Pyrénées serait possible, « avec le petit, et sa mère ». Les voix s'arrêtèrent. On avait allumé la radio.

– En présence du général Franco, Barcelone avait remporté la finale de la Coupe du Caudillo en battant Bilbao 2 à 0.
– Aux championnats de France de natation, Nakache avait gagné le 400 mètres nage libre et le 200 mètres brasse papillon.
– À Guéret, Benoist-Méchin avait passé en revue un contingent de légionnaires de la zone non occupée partant pour le front de l'Est.
– À Paris, le contingent de la LVF avait assisté à une messe à Notre-Dame, puis à une cérémonie aux Invalides.
– À Berlin, le chancelier Hitler avait reçu le Turc Saffet Arikan et le Bulgare Draganov, en présence de von Ribbentrop.
– Les Anglais étaient menacés de partout : au Moyen-Orient, au nord et à l'ouest par les troupes de Rommel, à l'est par les Indes qui se réveillaient à l'appel de Gandhi.
– À Gergovie, le maréchal Pétain avait présidé au remplissage d'une dalle du mausolée par des

> sachets de terre, venant des provinces françaises et de l'Empire. Dans son discours devant la Légion des combattants, il avait dit : « Légionnaires de France et de l'Empire, volontaires de la Révolution nationale [...], je n'admets ni le doute, ni les surenchères, ni les murmures [...]. »

Le bulletin d'informations était interminable. Elle attendait. Enfin la radio se tut, mais la porte avait dû être fermée car elle n'entendit plus distinctement les voix. Elle renonça et retourna se coucher. Mais elle n'arrivait pas à se rendormir. Plus tard, bien plus tard, il y eut le son d'une musique. Elle la reconnut. C'était l'indicatif de « Londres » que sa mère écoutait aussi, mais en mettant la radio très bas, fenêtres fermées à cause des voisins. Les M. l'écoutaient aussi, mais sans trop se gêner, eux. On ne risquait pas de l'entendre des villas et maisons proches de l'Enclos du Luxembourg. Dora avait fini par connaître par cœur cette mélodie qui était suivie toujours des mêmes paroles, quelque chose comme « Ici Londres. Les Français parlent aux Français. Aujourd'hui, xème jour de la lutte du peuple français pour sa Libération ». Un matin, elle avait commencé à jouer au piano, de mémoire, la mélodie, mais sa mère l'avait grondée.

La clarté s'était faite plus faible dans la pièce. La

lune avait dû disparaître dans les collines, derrière les jardins et la rivière. Il y avait plus de nuit, et ce qu'elle avait entendu l'inquiétait. Il faisait chaud. Elle ôta la chemise de nuit trop courte et trop rêche et serra très fort Carine sur sa poitrine, embrassant ses cheveux blonds, courts et bouclés. Ainsi elle s'endormit. Elle se réveilla une fois encore dans la nuit. Elle crut revoir la lune en face d'elle, rouge, ronde, qui la regardait.

la lune écarla(t)e lucarne, là

Chapitre trois

Le petit déjeuner, très tôt (le train partait à sept heures et quelques minutes et la gare était à une bonne demi-heure de marche), la surprit par sa somptuosité. Du lait vrai, quelque chose qui ressemblait à de la margarine mais meilleur, du beurre vrai donc, de la confiture au sucre vrai. Certainement pas au sucre de raisin qui massacrait le goût de tous les fruits. Comme l'expliqua madame M. à Vlad, la raison d'une telle opulence alimentaire était simple. Les enfants M. étaient « à la campagne », à Villard-de-Lans, dans les Alpes, chez la tante. Ils avaient là tout ce qu'ils pouvaient désirer en matière de nourriture. Elle avait en conséquence pu « dépenser » des tas de « tickets » pour recevoir dignement ses hôtes. Dora fut sensible à cet accueil exceptionnel. D'habitude, quand elle venait, elle partageait l'ordinaire de la famille, qui était nettement plus spartiate. Mais en même temps elle se sentait vaguement mal à l'aise. Elle sentait que les gâteries qui leur étaient prodiguées n'étaient pas sans rapport avec l'incertitude, menaçante, de leur avenir. Cela ne l'empêcha pas de manger avec grand appétit, d'autant plus grand qu'elle avait peu dormi. L'inspection de sa valise avait révélé l'absence d'une brosse à dents, entre autres objets nécessaires à la bonne santé et tenue d'une enfant de dix ans. Ces oublis de Vlad réparés, et la chemise de nuit trop courte, elle reçut un pyjama de garçon. Délaissé par l'aîné des enfants M., Denis, il aurait dû, au cours des années suivantes, échoir au deuxième garçon de la famille, qui n'avait pas encore six ans.

Le ciel rose, l'aube. Une lourdeur de l'air déjà. *Marin, marin gras même.* Monsieur M. expliqua qu'il y avait deux vents, le cers et le « marin », l'autan. On se sépara sur le quai de la gare de C. La fumante locomotive de l'omnibus grinça et s'immobilisa en grognant de fureur noire. Dora entendit, pendant que le train repartait poussivement, une dernière recommandation : « Attention aux escarbilles ! » Dora avait l'habitude du train. Les deux aînés des enfants M., Denis et Jacqueline, venaient régulièrement prendre des leçons de piano avec sa mère. Parfois elle revenait avec eux pour quelques jours de jeux, de promenades et de jardin. Là où elle allait maintenant, elle retrouverait un autre garçon qui allait au lycée avec Denis, et habitait tout près des M. avec sa mère à lui. La première fois qu'elle l'avait vu, il lui avait tendu la main en disant : « Bonhomme Jacques. Je m'appelle Jacques maintenant. » Dora s'inquiétait : Est-ce que je vais le reconnaître ? Est-ce qu'il va me reconnaître ?

Vlad et elle trouvèrent facilement deux places face à face dans un compartiment de troisième classe où il y avait seulement trois personnes. Elle avait appris par cœur le nom des différentes gares sur le trajet, afin de prévenir à temps Vlad du moment où il faudrait prendre les bagages pour descendre. Vlad était très distrait, « dans la lune », disait tout le temps sa sœur. Dora ne lui faisait pas du tout confiance pour l'accomplissement des actions ordinaires de l'existence. Témoin, l'affaire de la chemise de nuit oubliée. Vlad était un artiste. Il avait un « tempérament d'artiste » et les artistes sont désarmés devant le monde, c'est bien connu. « Un jour, il oubliera sa tête », disait Raymonde avec une tendresse sororale mêlée d'exaspération.

Le train fit halte à Trèbes. Repartit, non sans hésitation. Dora sortit dans le couloir contempler le paysage, le nez sur la vitre. Elle n'avait jamais été au-delà de C. On voyait des vignes, encore des vignes, des collines. Parfois les vendanges étaient finies, parfois les vendanges étaient en cours. Parfois elles n'étaient pas encore commencées. C'était intéressant, mais monotone. Il y avait du nuage dans le lointain. Le train chantait la chanson des rails : « Si-tu-tombes-tu-te-tues, si-tu-tombes-tu-te-tues… » Un monsieur dans le couloir voulut engager la conversation. Il avait un drôle d'accent, roulant les « r » bizarrement. Elle ne lui répondit pas, car elle avait peur qu'il se moque de son accent à elle, qu'il le trouve trop toulousain. Elle fit un vague sourire et rentra dans le compartiment. Vlad faisait semblant de dormir. Il ne parlait à personne, à cause de son accent « alsacien ». Il ne tenait pas à ce qu'on le remarque. Il avait des cheveux blonds et longs.

Quand Dora voyageait avec les enfants M., l'aîné, Denis, avait l'habitude de se suspendre aux barres de cuivre de la fenêtre dans le couloir. Il s'accrochait par les pieds et par les mains et imitait, disait-il, un animal appelé « paresseux ». Dora et Jacqueline auraient bien voulu en faire autant. Mais ce n'était pas possible, à cause des jupes. Si on se suspendait la tête en bas on montrerait sa culotte. Elle avait des culottes Petit Bateau. Les garçons ont bien de la chance, avec leurs culottes pleines de poches. Pour le voyage, elle avait mis une jupe « écossaise ». Assise, elle sortit de la valise son « journal ». Il était à l'abri dans une boîte. La boîte était munie d'un cadenas. Elle portait la clé autour de son cou. Personne qu'elle ne pouvait lire son Journal. Elle écrivit d'abord dans son beau cahier, un cahier d'« avant guerre » : *locomotive, TRAIN TIRANT*. Et puis : *TRAIN : l'auTAN RIT*. Elle ajouta à la suite : *lune rouge = écarlate*. Elle n'avait pas eu le temps d'immortaliser ses impressions de la veille et il fallait qu'elle rattrape son retard. Après Capendu la locomotive fut prise d'un accès de fébrilité. Elle poussa quelques coups de gueule, le train accéléra. Dora écrivait au crayon, pour éviter d'avoir à tremper sa plume dans son encrier de voyage. Elle aurait risqué de faire des taches. Le train ralentissait maintenant. On arrivait.

train tirant – train : l'autan rit

Chapitre quatre

Ils étaient quatre à les attendre sur le quai : un monsieur, trois enfants. Trois garçons. Deux petits garçons et un garçon de son âge. Elle le reconnut et pensa : Est-ce qu'il va me reconnaître ? Vlad alla vers le monsieur et ils se serrèrent dans les bras l'un de l'autre avec effusion. L'aîné des trois garçons tendit la main à Dora : « Bonjour Dora, comment vas-tu ? Tu sais, je m'appelle Jacques maintenant. » Tout était dans l'ordre, tout allait bien. Elle l'avait reconnu, il l'avait reconnue. Maintenant-Jacques montra l'un des petits : « Joan », dit-il. Puis l'autre : « Jean. » Et aussitôt ils se mirent à rire, à rire. Ils se tordaient de rire. Les deux petits, qui avaient six ou sept ans, se ressemblaient tellement qu'ils en étaient jumeaux. Quand il eut fini de rire Jacques dit : « Mais non, Joan c'est celui-là et celui-là c'est Jean. Tu vois, ils sont jumeaux. On les appelle "les jumeaux". Comme ça, on ne risque pas de se tromper. En plus, comme ils sont tout le temps ensemble… » Joan et Jean, Joan-Jean, se mit, commencèrent à dialoguer à toute vitesse dans une langue que Dora ne connaissait pas. Ils se mirent à courir le long du quai.

La locomotive, rassemblant ses forces charbonneuses et poussives, gronda, poussa un appel déchirant et le train s'ébranla. Les wagons défilèrent, levant une petite tempête de poussière. On sortit dans la cour de la gare. On se dirigea vers une automobile qui attendait. Jacques dit à Dora : « C'est un gazogène. Il marche au charbon de bois, pas à l'essence comme avant. Les cylindres sont devant. Il y en a un autre, à la ferme, les cylindres sont dessus. » Dora ne répondit rien. Les automobiles, gazogènes ou pas gazogènes, ne l'intéressaient pas. Beaucoup moins que les trams et les locomotives. Vlad parlait, parlait avec le monsieur. Il ne faisait aucune attention à elle. Debout à côté de la voiture, elle avait posé sa valise à ses pieds, attendait. Jacques-Maintenant courait avec les jumeaux d'un bout à l'autre de la place, devant la gare. Revenant, il lui dit : « Lui, c'est Camillou. Il s'appelle Camille mais on dit tous "Camillou". »

En entendant « Camillou » les jumeaux se précipitèrent sur lui, chacun s'agrippant à une jambe en criant « Camillou ou ou ! Camillou ou ou ! ». Puis ils s'efforcèrent de grimper sur lui. Camille-Camillou n'était pas très grand, à peine de la taille de Vlad, qui n'était pas très grand, pas non plus petit. Il avait tout un bol de cheveux blancs sur la tête, très blancs, un visage bronzé, rond. Dora sentit qu'elle l'aimait. Il prit un des jumeaux sous le bras, Joan ou Jean. Traînant l'autre toujours accroché à sa jambe, il alla jusqu'à la voiture, ouvrit la portière arrière et les fourra, toujours criant, sur les sièges arrière. Là, ils firent silence et se mirent chacun à sucer son pouce. Camillou dit : « Bonjour Dora. » Et Dora répondit : « Bonjour monsieur. » Camillou conduisait. Vlad était assis près de lui. À l'arrière, Jacques était entre les jumeaux et Dora. Le moteur du gazogène grogna, s'arrêta, reprit, se rarrêta.

On partit. On alla d'abord faire des courses dans des paniers qu'on entassa dans le coffre et sur le toit. Puis on prit la route. Après un moment ça se mit à grimper. Très vite, les jumeaux s'endormirent simultanément. Vlad et Camillou parlaient. Jacques ne disait rien. Dora était fatiguée. Elle s'était tournée vers la fenêtre et regardait défiler les platanes, les vignes, les murets de pierre sèche au bord des chemins. On allait lentement, le gazogène faisait des efforts considérables. Son moteur ne manquait pas de les trouver excessifs, manifestant son mécontentement par différents borborygmes. À chaque protestation spécialement éloquente du moteur, Jacques disait : « Tu vas voir, il va tomber en panne ! » Mais sa prédiction pessimiste était chaque fois démentie.

Dora essayait de ne pas avoir peur. Et pourtant. Camillou, en parlant à Vlad, en lui expliquant tout ce qui se rencontrait dans le paysage, faisait de grands gestes de la main. Il abandonnait brusquement le volant et laissait la voiture suivre sa volonté, qui n'était pas toujours de rester sur la route, surtout dans les virages. Au dernier moment, il évitait le fossé, le platane ou la borne kilométrique. Et Jacques disait : « Tu vas voir, il va entrer dans une vigne, comme l'autre jour. » Mais non. On traversa un village. Sur la place coulait, largement, une fontaine. Dora était fatiguée. Les tournants et les tournants succédaient aux tournants. Une poussière blanche, crayeuse, entrait par les fenêtres avant grandes ouvertes. Elle ferma les yeux. Elle ne dormait pas vraiment mais elle n'était pas non plus éveillée. Elle naviguait entre les deux états. Tantôt elle revoyait la lune de la nuit, tantôt la route, à travers la vitre sale. Elle entendit : « On arrive ! » Jacques lui secouait l'épaule. Elle ouvrit les yeux. Le gazogène passa un pont, grimpa une dernière pente raide, passa un grand portail ouvert sur la droite, abandonnant la route qui continua à grimper dans le soleil déjà haut. Les jumeaux, réveillés, riaient, s'agitaient, piaffaient d'impatience. La voiture s'engagea dans une grande allée de gravier bordée de cyprès des deux côtés. « Bienvenue à Sainte-Lucie », dit Jacques.

les jumeaux : jean, joan. ils sont les jumeaux, joan double jean. ils sont doubles les jumeaux – les jumeaux : joan, jean. ils sont les jumeaux, jean double joan. ils sont doubles les jumeaux

Chapitre cinq

« Bienvenue à Sainte-Lucie », dit Jacques. Le gazogène s'était immobilisé sur un grand terre-plein en face des bâtiments : une grande maison, des dépendances, en enfilade. Aussitôt descendus de la voiture, les jumeaux en courant firent le tour de la maison par la gauche et disparurent. Deux jeunes femmes sortirent pour aider Vlad et Camillou à descendre du toit les grands paniers à provisions. Elles étaient petites, très brunes, le teint brun, l'air féroce, quasiment jumelles. « Elle c'est Concepción, elle c'est Incarnación », dit Jacques.

Les paniers et les valises étaient à peine rentrés qu'un homme se détacha d'un groupe d'une douzaine qui se tenaient à quelque distance. Ils bavardaient dans des langues variables. Dora reconnut de l'espagnol (il y avait beaucoup d'Espagnols à Toulouse). D'autres parlaient patois, français avec l'accent de par-là, et d'autres encore une autre langue.

L'homme s'approcha de Camillou et ils se mirent à discuter très vite dans cette langue qui ressemblait au patois. Ils parlaient fort et semblaient se disputer violemment. Dora avait peur. Jacques : « T'en fais pas. C'est pas grave. » « Et tu comprends ce qu'ils disent ? » « Non. C'est du catalan. Mais je sais bien de quoi ils parlent. Ils parlent vendanges. Y en a qui veulent pas travailler demain parce que c'est dimanche et les autres disent "dimanche nous on s'en fout". Tu comprends, ils sont anarchistes. » Dora ne comprenait pas. « Et Camillou, il est anarchiste ? » « Oui. » « C'est pas lui le patron ? » « Si, mais comme il est anarchiste il donne pas d'ordres. Il dit "voilà le travail à faire" et ils votent et ils décident. » Le porte-parole s'en retourna vers les autres et palabra avec eux, mais Dora ne sut pas quel fut le résultat final de leur discussion. « Les vendanges sont presque finies. Il reste une ou deux vignes là-haut. » Jacques désignait vaguement une direction en arrière des bâtiments. « Si tu veux on ira voir. »

Autour de la voiture et un peu partout, des volailles couraient en tous sens. Comme Camillou et Vlad se préparaient à rentrer dans la maison, un canard se détacha d'un groupe de ses congénères qui conciliabulaient, s'approcha de Camillou et attira son attention en pinçant du bec le bas de son pantalon. « C'est un canard anarchiste ? » dit Dora.

Jacques rit: «C'est pas un canard. C'est une cane. Elle vient toujours dire bonjour à Camillou quand il rentre. Tu ne la reconnais pas? Bacadette.» Dora reconnut le nom et la reconnut.

Dans le jardin des M., à C., quand elle leur rendait visite, la cane Bacadette était un personnage important et respecté. Elle avait eu sept enfants qui avaient porté chacun le nom d'un des jours de la semaine. Ils étaient tous morts, morts de maladie ou de la mort naturelle des canards en des temps de grandes restrictions, la casserole. Mais les enfants M. avaient refusé, absolument refusé de voir Bacadette subir le même sort que Lundi, Mardi, Mercredi, Jeudi (surtout Jeudi, le préféré), Vendredi, Samedi et Dimanche. Ils avaient pleuré leur sort (c'étaient de merveilleux compagnons de jeux) tout en les dévorant. Mais Bacadette, non, n'avait pas été mangée. Elle était restée seule dans le jardin. Une sorte de componction un peu mélancolique, une composante de tristesse noble dans son déhanchement sur palmes, une propension certaine à éviter d'être mêlée aux jeux les plus hurlants et les plus désordonnés avaient fait rapidement d'elle une figure respectable mais un peu lointaine de la famille. Elle était un peu comme une cousine des parents, réfugiée après quelque deuil, en ayant revêtu les couleurs invariables.

Fermant les yeux, Dora, qui aimait la caresser, la revoyait, souvent immobile au soleil sur la terrasse, ou dans une allée, les pattes disparues sous elle. Elle voyait le plumage vert sombre et lisse, les petits yeux calmes de Bacadette, posée comme une barque, sans hâte, confortablement sur le sol empoussiéré. Elle avait, semblait-il, pris goût pour l'intérieur sombre du rez-de-chaussée, pour la salle à manger, surtout au moment des repas. Elle entrait silencieusement et sans hésitation dans la pièce. Elle se hissait sur le fauteuil, où elle s'installait placidement, jouissant avec une évidente bienveillance de la compagnie turbulente des enfants, ainsi que de la douceur des coussins. Elle semblait écouter avec soin la radio (on disait la « TSF »), peser le pour et le contre. Il y avait Radio Paris, mais il y avait aussi, écoute clandestine, « Londres ». Elle écoutait attentivement, sans indiquer clairement ses préférences. Et on avait raconté à Dora qu'un jour, alors que résonnait dans la pièce la voix sénile et sinistre du maréchal Pétain, elle était descendue dignement du fauteuil et s'était dirigée vers la porte, laissant, au moment de sortir, s'échapper de sous sa queue agitée d'un coup d'éventail rapide une large crotte liquide, brune, glaireuse, en guise de commentaire. Et que faisait Bacadette maintenant à Sainte-Lucie ? Elle était, tout simplement, à la retraite. Et Camillou étant la seule personne qui la reliait à son passé, elle lui était très attachée, comme Dora venait de voir. Camillou tapota gentiment le crâne de Bacadette. Jacques se baissa, la prit dans ses bras et l'embrassa dans le cou. Dora aurait bien voulu en faire autant, mais elle n'osa pas.

c a n e x c n x a e c?–x e c n x c a n e a x?

Chapitre six

Invariablement, le soleil tapait déjà fort dans les journées. Il faisait sa promenade quotidienne dans le ciel, sans rencontrer le moindre obstacle nuageux. Il se levait un peu plus tard chaque jour, il se couchait un peu plus tôt mais il ne perdait rien de sa superbe méditerranéenne. On n'était pas à Toulouse, ah non, disait Jacques avec dédain. Dora ne répliquait pas. C'était presque toujours vent d'ouest, « cers ». Le « marin » avait apparemment renoncé à la lutte. Parfois un calme caniculaire régnait, absolu. Après la sieste, quand elle sortait sur le devant de la maison, face au Parc Sauvage, et qu'elle s'avançait sur la terrasse sans arbres, Dora était souvent prise d'éblouissements. Elle vacillait. Elle fermait les yeux un moment, et retrouvait son équilibre. Mais l'intérieur de la maison était sombre, et frais. C'était une « maison de maîtres », à l'ancienne.

On mangeait à une grande table en bois rectangulaire, qui semblait n'être qu'un prolongement de la cuisine. La cuisine était éblouissante de propreté. Dans le fond, par un escalier tournant aux marches de pierre, on descendait dans une cave encore plus fraîche que la maison, qui semblait presque froide quand on venait du dehors. Dans le fond de la cave derrière la porte, la longue rangée des « foudres », des monstres pansus, ventrus, couleur vinasse, s'alignaient, en deux rangées, quasiment à l'infini. Les deux premiers étaient les plus gros, les plus « mastoc ». Celui de gauche était un peu plus grand que celui de droite : « Ce sont les parents. Et les autres, après, sont les enfants. » Dora restait bouche bée. L'odeur de vin était forte, le sol vineux. Les jumeaux jouaient à cache-cache entre les foudres, derrière les tonneaux.

Incarnación et Concepción étaient assises à un bout de la table, Camillou à l'autre. À sa droite, Vlad. L'assiette à sa gauche et la chaise étaient le plus souvent vides. Clémentine, la femme de Camillou et grand-mère des jumeaux, ne descendait pour ainsi dire jamais de sa chambre. Elle était « souffrante ». Jacques, Dora, les jumeaux s'asseyaient là où était leur serviette, dans son « rond de serviette ». Dora avait un rond de serviette en bois marqué « D » que Concepción avait sorti du grand bahut pour elle. Ceux des jumeaux avaient tous les deux un « J ». Sur celui de Jacques, aucune lettre. Au début, il y avait trois ou quatre places vides. Un couvert était toujours mis. On attendait quelqu'un, qui ne venait pas. À table, on mangeait ce qu'on voulait, on se levait quand on voulait. Camillou ne grondait pour ainsi dire jamais. Simplement, quand les jumeaux faisaient trop de bruit, il tapotait son verre avec sa fourchette, mettait un doigt devant sa bouche et faisait « chut ». Ils s'arrêtaient pour au moins une minute. Vlad et Camillou buvaient du vin, un vin sombre qui semblait lourd dans les verres.

Les enfants buvaient de l'eau qui venait de la fontaine et avait conservé sa fraîcheur dans la cave. Sur le rebord extérieur de la fenêtre de sa chambre, dans le coin d'un volet il y avait une gargoulette, et Dora, quand elle se réveillait dans la nuit, allait y prendre un verre d'eau, incroyablement fraîche comme celle de la cave, presque froide. Dora dévorait. Il y avait tellement plus à manger qu'à Toulouse. Elle avait tellement faim qu'elle aurait mangé encore plus si elle avait pu. Incarnación considérait cet appétit comme un hommage à sa cuisine, où le pois chiche dominait. À peine dominé par la tomate. La tomate en salade, à l'huile d'olive, à l'ail cru et aux oignons crus. La tomate frite dans la poêle, avec de l'ail. Parfois, rarement, la tomate en brouillade d'œufs. Le dessert : des fruits ou de la compote, de vastes compotées de compote de prunes, par exemple. Les fruits avaient cuit dans un des chaudrons de cuivre suspendus au mur, par taille décroissante eux aussi, comme les foudres. Pas de confiture, faute de sucre. À la fin du repas, Concepción lui tapotait le ventre en riant : « La panchoulina, la panchoulina ! »

Mais le meilleur, pour Dora, c'était le petit déjeuner. Quand elle se réveillait, Jacques et les jumeaux étaient déjà descendus depuis longtemps. À Toulouse, sa mère devait la secouer pour qu'elle soit prête à temps pour l'école. Mais là, elle se levait quand elle voulait. Elle ne pleurait jamais le matin en pensant à sa mère. Jamais dans la journée. Seulement le soir, dans sa chambre, quand personne ne pouvait la voir. Surtout pas Jacques. Il se serait moqué, peut-être. C'était un risque qu'elle ne voulait pas prendre. Mais il pleurait peut-être aussi en pensant à sa mère à lui. Depuis qu'ils étaient entrés dans la maison, le premier matin, Vlad avait apparemment oublié son existence. Il l'embrassait sur les deux joues le soir quand elle montait se coucher, et c'était tout. Elle n'en était ni surprise ni fâchée. Vlad, son oncle, était comme ça. Au petit déjeuner elle buvait un grand bol de lait chaud, sans sucre. Son bol était bleu, celui de Jacques, vert. Les jumeaux avaient chacun un bol rouge. Sur l'un il y avait « Joan », sur l'autre « Jean ». Dora n'était pas sûre que c'était vraiment Joan qui buvait dans le bol réservé à Joan, Jean dans le bol réservé à Jean. Les jours passaient mais elle n'arrivait pas à séparer les jumeaux l'un de l'autre. Pas plus la deuxième semaine que la première, la troisième que la deuxième. Seuls les enfants et Clémentine avaient droit au lait. Dans le lait de Clémentine on mettait un morceau de sucre. Dans les bols on trempait des tranches de pain grillé. Un pain jaune, fait à la farine de maïs. Elle mangeait trois, quatre, cinq tranches de pain. C'était très bon.

l'eau fraîche, le pain. la cave, les foudres. l'eau, le pain. foudre fraîche la cave. l'eau

Chapitre sept

Le troisième matin après son arrivée, au petit déjeuner Concepción lui servit un œuf. Un œuf à la coque. Les autres avaient eu un œuf eux aussi. Les coquetiers à fleurs étaient encore sur la table avec des débris de jaune et de coquille, mais l'œuf de Dora était plus gros. Aucun coquetier n'aurait pu le contenir. Quand Dora eut mangé son œuf avec délices, Jacques lui demanda : « Ça t'a plu ? » Il était rentré du dehors, plein de poussière, les genoux déchirés de ronces, accompagné d'une casserole, et il mettait des mûres dans un bol pour les offrir à Clémentine. Il en versa une poignée dans le bol de Dora et répéta : « Ça t'a plu ? » « Oh oui ! » « Et c'est quoi ? » Dora ne comprenait pas la question. Elle hésita et dit : « Un œuf. » « Un œuf, bien sûr. Mais de qui ? » Dora se sentit toute bête. Elle avait bien remarqué que son œuf était plus gros que les autres mais comme elle avait très rarement l'occasion d'en manger chez elle, les œufs étant devenus aussi rares que le beurre, le charbon et les pépites d'or, ça ne l'avait pas frappée outre mesure. Un peu déçu Jacques dit: « Mais ce n'est pas un œuf de poule. C'est un œuf de cane. C'est un œuf de Bacadette. Elle n'en pond pas beaucoup. D'habitude on les garde pour Clémentine. Mais ce matin j'en ai trouvé deux et Concepción a décidé que le second serait pour toi. » Dora rougit et dit: « Merci, c'était bien bon. » En effet.

Le premier matin, quand ils étaient entrés dans la maison avec leurs valises, par la petite porte latérale ouvrant sur le terre-plein, Bacadette était entrée avec eux puis avait disparu dans les profondeurs. Elle n'habitait pas avec les autres volailles dans la région ferme de la propriété. On lui avait épargné la coexistence, indigne d'elle, avec les poules. Elle circulait dans la maison comme elle voulait et elle avait ses appartements dans un petit jardin sur l'arrière, clos de murs. Quand elle avait besoin de compagnie, elle venait assister au dîner, se tenant à côté de Camillou ou installée confortablement sur ses genoux, tel un chat.

Mais dans sa retraite dorée elle n'avait pas oublié que sa tâche essentielle, sa raison d'être en tant que membre féminin de l'espèce canard, était de pondre des œufs. Cette tâche absorbait une grande partie de son énergie interne. C'était aussi le motif de ses préoccupations. Avant sa retraite, elle pondait chaque jour un et parfois deux de ces œufs lourds, précieux, riches, savoureux, infiniment plus savoureux que les œufs uniquement utilitaires des imbéciles poules, par la couleur, la forme, la taille, la densité du jaune plus sombre et plus intense, du blanc plus compact. Elle ne s'était pas considérée comme déliée de son devoir de ponte en venant à Sainte-Lucie. Moins jeune, elle pondait moins, mais elle pondait. En outre, elle avait gardé les habitudes de sa vie antérieure. Ne pondait pas, bêtement, monotonement, tous ses œufs au même endroit, ni à la même heure du jour. Elle ne les mettait pas tous dans le même panier. Elle s'efforçait, au contraire, de les placer sans cesse dans des lieux différents, et même, en fait, de les dissimuler. Dans son domicile précédent il s'agissait pour elle de les dérober aux regards indiscrets des enfants. Il est difficile de décider si ses tentatives de dérober ses productions aux investigations enfantines avaient été sa règle dès le début de son existence ou si elle avait réagi à ce qu'elle avait certainement considéré comme une indiscrétion ; désirant pondre tranquillement, à son heure, considérant la ponte comme une affaire sérieuse, et privée, qui n'avait aucun besoin de regards extérieurs. Quoi qu'il en soit elle avait pris l'habitude de pondre de plus en plus tôt dans la journée, et de changer le plus souvent possible de cachette.

Il y avait là tous les ingrédients voulus pour un jeu. Le but du jeu était, bien sûr, de découvrir l'œuf de Bacadette, et de le poser sur la table de la cuisine, avant l'heure du petit déjeuner. Le jeu, alors, se subdivisait en deux sous-jeux. Le premier était celui qui se jouait entre deux équipes : Bacadette *versus* tous les enfants. Bacadette cachait, les enfants cherchaient. Le second sous-jeu était celui qui opposait chacun des enfants aux autres : être le premier à apporter le trésor enfoui, l'or de l'œuf, l'œuf d'or. Une situation vexante pour tout le monde était celle où non seulement on ne découvrait pas l'œuf avant le petit déjeuner, mais où il tombait par hasard, plus tard dans la journée, un autre jour même, entre les mains d'un adulte, père ou mère, au cours d'une opération jardinière, par exemple, sous une courge, au pied d'un dahlia. Le triomphe au contraire était de découvrir Bacadette en train de pondre, et de saisir l'œuf tout chaud, directement sorti du four (si on ose s'exprimer ainsi). Elle fut une fois, au tout petit jour, raconta Jacques, tellement prise par surprise qu'elle se mit aussitôt en fuyant à pondre un deuxième œuf, pas encore vraiment prêt, dont la coquille était toute molle encore.

Mais il fallait le plus souvent pour découvrir l'œuf caché une très longue quête. Bacadette était d'une ingéniosité prodigieuse. C'est à l'échafaudage de stratégies nouvelles de dissimulation qu'elle se livrait, en une concentration acharnée, les après-midi, posée au beau milieu d'une allée, le bec sur la poitrine, sans même bouger quand on passait près d'elle. Ayant, à Sainte-Lucie, retrouvé des enfants, qui étaient maintenant de nouveau quatre, le jeu avait pu recommencer pour elle et elle ne cachait plus ses œufs pour rien. Sainte-Lucie, de ce point de vue, offrait un encore plus large choix que sa première demeure et cela lui permettait de ne jamais répéter le même choix à des intervalles rapprochés. Dans un tout petit réduit, un ancien placard à outils désaffecté de son jardin, situé derrière un pin dans le coin gauche du mur d'enceinte, à midi moins dix environ sur l'horloge spatiale que Jacques imagina pour la description, elle n'« inventa » ainsi pas moins de douze cachettes distinctes. Son exploit le plus spectaculaire fut d'une grande simplicité : une aube vers le milieu du mois, elle s'en vint pondre son œuf sur le tabouret du piano, où Vlad ne le découvrit pas avant le milieu de la matinée. On peut penser qu'elle avait, dans l'édition cartonnée vert-gris des œuvres de Charles Baudelaire où Dora avait lu « Une descente dans le Maelstrom », sérieusement médité la leçon de « La lettre volée ».

un œuf, deux, trois, quatre. un œuf, trois, quatre. un œuf, quatre. un

Chapitre huit

Les chambres du second étage étaient celles des enfants. De leurs fenêtres, on voyait le Parc Sauvage d'en dessus comme si on regardait de haut un crâne chevelu. Sous les fenêtres du premier, à gauche de la porte, le mur était nu, avec une façade lisse. Devant, un espace rectangulaire cimenté. Là, Jacques et les jumeaux jouaient à un jeu qu'ils appelaient « pelote basque ». On jouait à deux. Une balle de tennis rebondissait sur le mur, qui tenait lieu de filet. Elle devait le frapper à une hauteur minimale marquée par une division naturelle dans le revêtement du mur, ne pas bondir ensuite hors du terrain, limité vers l'arrière par une ligne parallèle au mur tracée, sillon, dans le ciment. Chacun des deux joueurs, alternativement, renvoyait la balle de la paume de la main. On comptait, comme au tennis, comme Camillou leur avait appris. Il était admirateur des « trois mousquetaires du tennis français de l'avant-guerre », Cochet, Lacoste et Borotra, ainsi que de Tilden et Suzanne Lenglen. Il avait appris aux jumeaux à le faire : « 2-0 », « 6-3 », « Avantage ! », « Avantage détruit ! », « Jeu ! »

Cinquante ans plus tard, voyant, juste à gauche de la porte, la toute petite fenêtre de ce qui avait été le « cabinet » du rez-de-chaussée (désaffecté et devenu réduit à balais) Goodman ferma les yeux. « Simulant » une entrée de mémoire dans le vestibule, vers la cuisine en face, l'escalier aux marches cirées, le grand bahut à linge de table et vaisselle à gauche de la porte de la cuisine, il s'autorisa à pénétrer cette configuration si ancienne, et pourtant, il le découvrait, restée si familière, si chargée de ce qu'il était tenté de désigner comme une odeur de pénombre. Rien n'y ouvrait directement sur les lumières du jour extérieur. Les yeux fermés, ouvrant la porte, re-voyant, il vit ce qu'il voyait, au souvenir, de très bas. C'était comme si son « moi » présent, Goodman en 1992, avançait assis, ou à genoux et sur les mains, ou rampant. Il avançait dans la couche inférieure de cet espace, à un mètre, un mètre vingt au-dessus du sol. D'ailleurs, la ligne horizontale sur le mur qui servait de frontière entre le légal et l'illégal du jeu de paume d'autrefois lui était apparue, au premier coup d'œil, comme beaucoup, beaucoup trop basse pour son regard.

Dora ne fit pas beaucoup de progrès à ce jeu. Les

balles grises, usées, lui faisaient mal. Au bout d'un moment, pendant une partie, ses paumes brûlaient. Celles des jumeaux avait une peau dure, presque aussi dure que la corne qu'ils avaient sur la plante des pieds. Car ils marchaient le plus souvent pieds nus, sans sandales. Ni le gravier ni les ronces ne pénétraient cette couche protectrice, semelle naturelle. Jacques s'entraînait à faire de même. Sur le tapis d'aiguilles de pin du parc, ça allait encore. Mais ailleurs, ça faisait mal. Dora n'avait pas essayé plus d'une minute. Elle préférait les bonnes espadrilles, les « catalanes » que lui avait offertes Camillou. Dora ne jouait que rarement. Elle aimait mieux rester assise dans un petit fauteuil en osier pendant les parties, arbitrant, comptant, annonçant les scores. Parfois, quand elle se sentait un peu mieux, Clémentine descendait de sa chambre, en robe de chambre, et s'allongeait à côté d'elle dans le rocking-chair, qu'on sortait de la véranda. La véranda s'ouvrait sur le jardin, qui était l'appartement de Bacadette. La cane, alors, venait se jucher sur ses genoux, commentant la partie de hochements de tête appréciateurs.

Les jumeaux, Joan autant que Jean, Jean autant que Joan, battaient régulièrement Jacques, pourtant plus âgé et plus grand. Il essayait de ne pas paraître vexé, mais Dora voyait bien qu'il l'était. Les parties duraient, duraient. Assez vite, son attention faiblissait, elle se mettait à faire des fautes d'arbitrage et on la « dégommait » de son poste. « Limogée », elle ouvrait la boîte contenant son Journal avec sa clé et se mettait à écrire. Elle pensait à sa mère, se demandait où elle était maintenant. Elle pensait à ce voyage mystérieux qu'ils devaient faire, Vlad, Jacques et elle, dans les Pyrénées. Elle pensait à l'Espagne. Parfois, le matin, l'air était particulièrement transparent et, de la fenêtre du grenier, on apercevait les montagnes, comme si elles s'étaient rapprochées pendant la nuit. Elles avaient des tempes minces, couvertes de blancheur. La neige. Les neiges éternelles.

Dora rêvassait. Ils partiraient dans la montagne, pour la traverser. Ils entreraient dans les champs de neige. Ils grimperaient. Ils grimperaient et ils atteindraient un de ces cols qu'on voyait sur la carte. Là, ils s'arrêteraient pour contempler l'Espagne, avant de descendre dans une plaine. Elle verrait le fleuve, le Guadalquivir « à la barbe grenat ». Il y aurait des palais, l'Alhambra. Il y aurait des jardins de roses. On entendrait l'appel des cloches d'église, ou celle des minarets. Ou bien ils se coucheraient dans la neige, pour se reposer. Ils s'endormiraient et, quand ils se réveilleraient, du temps, beaucoup de temps aurait passé. Pas cent ans comme dans *Rip Van Winkle*, le conte qu'elle venait de lire, mais assez de temps pour que la guerre soit finie. Elle redescendrait dans la plaine avec Vlad. Raymonde l'attendrait à la gare… Jacques lui secouait l'épaule : « Tu dors ? La partie est finie. On va dans le parc. Tu viens ? »

sainte lucie sainte lance lueurs silence heures saintes

Chapitre neuf

On arrivait à Sainte-Lucie par la grande allée de cyprès, de cèdres, de sapins et de pins, majestueux ; de très grands pins, immenses. Plus immenses encore et plus larges étaient les pins parasols, des pins à pommes de pin, les « pignes », et, partant, à pignons, qu'on pouvait récolter, casser à coups de caillou, manger. L'allée était jonchée d'aiguilles de pin, et de pignes. Un tapis brun, un peu rouille, d'aiguilles de pin sous les roues des voitures, des vélos. Cela faisait comme un chuchotement de roues. L'allée s'ouvrait à un bout sur la route, une route des Corbières, vers un village, Saint-André-de-Roquelongue ; à gauche quand on sortait, sur une route descendante, le village était à un kilomètre environ. Elle donnait à l'autre extrémité sur la grande cour devant l'entrée principale de la maison, celle qui était tournée vers l'extérieur, vers la route. Il y avait un peu de circulation dans l'allée : vélos, piétons, gazogènes. Un chien courait, aboyait. Un peu de mouvement, pas beaucoup.

Mais il n'y avait jamais personne dans le Parc Sauvage. Il appartenait entièrement aux enfants. Parallèle au chemin de l'entrée, une allée ensablée, parfaitement séparée de l'autre. Une allée bordée d'ifs : ifs très sombres comme pour une évocation de deuil anglais. Ifs aux minuscules feuilles elliptiques, très épais de feuilles, droits. Rectitude sévère, calviniste, funèbre, des ifs. Les ifs, très souvent, sont des arbres de cimetière. Pas là. Les boules rouges de leurs fruits bougies, comme bougies dans un arbre d'anniversaire. Ce sont des fruits qui ne sont pas des sphères, plutôt des manchons cylindriques, à peu de substance autour d'un noyau dur. Fruits tentants mais interdits de consommation. « Poison ! » disait-on aux enfants, que les fruits de ces arbres mortels. Les fruits de l'if étaient très peu durs. Quand Dora les écrasait entre ses doigts ils y laissaient leur substance molle, translucide, visqueuse. Fruits de l'if à la couleur rouge sombre. Sur l'arbre luisants avec un éclat sombre, grave. Mais, une fois cueillis, vite ternis, impossibles à conserver tels, frais et luisants, car ils se ratatinaient presque aussitôt, ridés, ternes.

L'allée des ifs était perpendiculaire à la façade privée de la maison, celle qui ne s'ouvrait pas sur la cour. Elle était parallèle à l'allée ornementale qui servait d'entrée majestueuse depuis la route. Les ifs épais, sur son bord gauche, contre une grille, isolaient le Parc Sauvage proprement dit. Il commençait là, touffu, serré, à quelques mètres seulement de la maison, du terrain cimenté réservé au « jeu de paume ». Dans l'allée, dans le sable ensoleillé, au pied d'un if, le plus sombre, une colonne de fourmis noires. Avec un petit seau d'eau, un seau à sable de plage, et de l'eau prise dans la cour, à la fontaine, l'obstacle d'une flaque jetée par les jumeaux interrompait les lignes militaires de transport des fourmis. La flaque d'eau, un véritable lac pour les insectes, troublait l'affairement des fourmis transporteuses de graines, les fourmis des régiments d'un « génie fourmilier », pontonnières en brindilles. Il y avait un mouvement perpétuel de circulation fourmilière dans les deux sens. Croisements, mots de passe, reconnaissance d'antennes ; concentrations, coagulations noires autour d'une énorme guêpe morte, comme des Lilliputiens autour du géant entravé, Gulliver.

Dora, pour s'en souvenir, pour plus tard, quand tout serait rentré dans l'ordre pacifique, pour expliquer à sa mère, donna un nom à cet arbre, le plus « if » de tous les ifs, plus nu, plus fin que les autres. Elle le nota dans son cahier, comme emblème de la journée : l'If aux Fourmis. Un autre jour, devant un autre if, un peu plus loin dans le parc, surprenant une autre fourmilière, Jacques déboutonna son « short » et pissa dessus. Les jumeaux, aussitôt, firent de même. Et Dora, soulevant sa jupe, écartant du doigt sa culotte, fièrement, leur montra que, toute fille qu'elle était, elle savait aussi faire pipi debout. À l'école, ses camarades et elle s'étaient longuement entraînées pendant les récréations, à l'abri du regard des maîtresses qui bavardaient sans faire trop attention, tranquilles. Les filles, n'est-ce pas, ne sont pas comme les garçons, elles n'ont pas besoin d'être surveillées tout le temps. Elles ne se flanquent pas des gnons sur la gueule, elles ne hurlent pas comme des possédées…

Dora pissa debout sur les fourmis, comme Gulliver. Les fourmis n'en revenaient pas. Sa culotte était mouillée un peu, mais l'air était sec. Ça sécha vite. En rentrant dans sa chambre elle changea de culotte. Elle était très fière d'avoir osé. Mais ni Jacques ni les jumeaux ne semblèrent surpris de son exploit. Les jumeaux, qui n'allaient pas à l'école, ne la traitaient pas comme appartenant à une espèce différente, l'espèce-fille, comme ont l'habitude de le faire les garçons dès qu'ils sont d'âge scolaire. Jacques la regarda curieusement, mais ne fit aucun commentaire. Il n'avait pas, peut-être, été plus surpris que les jumeaux. D'ailleurs il n'avait pas de sœur.

if suis, nu, fin

Chapitre dix

Un soir, on était déjà dans la salle à manger, il y eut un bruit de voiture dans la cour, Camillou se leva, sortit, suivi des jumeaux. On entendit des voix, un moment passa et deux personnes firent leur entrée. L'une était une jeune femme brune, très brune, tellement brune qu'on aurait dit que ses cheveux avaient été filés dans de l'anthracite, le charbon dont on bourrait le poêle, chez les M., en hiver. Elle était très brune et très belle et très jeune, sans chapeau, « en cheveux », les cheveux sur les épaules, la bouche rouge, très rouge. Dora la regardait, fascinée. Elle entra, traînant littéralement les jumeaux, suspendus tous les deux à sa jupe rouge assez courte, chacun comme attaché à une de ses jambes. Jacques la regardait aussi. Elle entra, suivie de Camillou et d'un homme jeune, un jeune homme presque, qui portait deux valises, l'une lourde. Il était grand, beaucoup plus grand que Vlad et que Camillou. Il était très blond, le teint pâle. Il posa les valises à terre.

La jeune femme et son compagnon prirent place à la table où Incarnación, dès qu'elle avait entendu le bruit de la voiture, avait mis un nouveau couvert, à côté de celui qui était toujours là, et qui était donc réservé à la jeune femme, la fille de Camillou, la mère des jumeaux. Elle était cela, il n'y avait pas besoin de le dire. Camillou d'ailleurs ne donna pas de précisions. Il dit : « Teresa, je te présente Dora. Jacques, tu connais déjà. » « Bonsoir Dora, bonsoir Jacques. » Dora, le soir, écrivit le nom de la mère des jumeaux sous la forme « Thérésa », mais elle ratura ensuite le « h » et les deux accents. Le nom du jeune homme était « Jim ». Il ne parla pas, s'assit, avait l'air fatigué, un peu perdu aussi. Dora se demanda si c'était le père des jumeaux. Ils ne lui ressemblaient pas, en tout cas.

Les jumeaux se ressemblaient l'un l'autre, et ressemblaient à leur mère. Concepción servit une salade improvisée, avec des poivrons, des oignons, des olives noires et vertes et surtout des tomates, à la fois des grosses tomates extrêmement rouges et de petites tomates ovales rouges ou jaunes, des « olivettes ». Ensuite il y eut une omelette aux aubergines. Et un dessert, des faisselles de fromage frais, de celles qui s'égouttaient dans la cave à travers le moule. Le moule laissait des petits piquants de chair sur la chair blanche des faisselles. On les arrosa de miel, un miel blanc, transparent, presque incolore. Dora n'avait jamais fait un dîner aussi somptueux. Camillou et Teresa échangèrent quelques mots en catalan. Camillou ne semblait pas exagérément heureux de l'arrivée de « Jim ». Dora le sentait à son ton de voix. Vlad, comme d'habitude, ne disait rien. Il pianotait sur la nappe de ses longs doigts de pianiste. Teresa ne sembla pas affectée des remontrances de son père. Il s'agissait de remontrances, Dora en était sûre. Mais elle ne s'en préoccupa pas longtemps, tant elle était employée à savourer chaque bouchée du repas exceptionnel qui saluait le retour de la « fille prodigue » et aimée. Jacques ne quittait pas Teresa des yeux. Les jumeaux, une fois avalées leurs portions, venaient chaque fois s'asseoir aux pieds de leur mère, chacun d'un côté. Elle leur souriait, leur tapotait la tête, et parlait rapidement en anglais avec « Jim ».

Dora savait que c'était de l'anglais. Elle avait entendu la radio de Londres et on l'écoutait aussi à Sainte-Lucie. Elle pensa que Jim était anglais ; ou bien qu'ils parlaient en anglais pour n'être pas compris. Mais Jacques avait l'air de saisir des choses dans la conversation. Le dîner fini, Jim et Teresa, Teresa toujours encombrée de ses fils, montèrent dans les chambres, au premier étage, au-dessous de celles où couchaient Dora, Jacques et les jumeaux. La chambre de Teresa était directement sous celle des jumeaux. Dora et Jacques étaient montés avec eux. Dans la chambre de Teresa il y avait un grand lit avec de nombreuses photos de Teresa au mur. Jim fut mis dans une chambre à côté, sous celle de Jacques. Concepción apporta une carafe d'eau qu'elle posa sur la table de nuit de Teresa. Les bagages déposés dans les chambres, ils descendirent, accompagnés des jumeaux. Dora aurait bien voulu les suivre, mais il était tard. Elle n'osa pas ; d'ailleurs, elle avait sommeil. Jacques alla en bas avec les autres.

Dora avait envie du sommeil. Elle le cherchait mais ne le trouvait pas. Son esprit était plein d'interrogations. Elle trouvait Teresa très belle, mais elle lui faisait un peu peur. Sans savoir pourquoi, elle pensait que Jacques la regardait trop. Elle était curieuse de Jim. Était-il vraiment un Anglais ? Et, s'il était vraiment un Anglais d'Angleterre, qu'est-ce qu'il venait faire en France, dans la France occupée par les Allemands, et en guerre avec son pays ? Tout cela était étrange, excitant, effrayant. Elle tournait et retournait sur son oreiller. Elle n'entendait rien de ce qui se disait en bas. Ils devaient être dans le « salon » et ils avaient certainement fermé la porte. Elle s'endormit, entendant vaguement le bruit des pas des jumeaux et de Jacques qui montaient se coucher. Quand elle ouvrit les yeux, il faisait grand jour.

une assiette de miel blanc, une assiette sous le soleil de midi, du miel sous le soleil blanc de midi, dans une assiette

Chapitre onze

« Tu as oublié ? C'est aujourd'hui qu'on va à la vendange. Dépêche-toi de finir ton petit déjeuner. » Dora, un peu bousculée, un peu endormie, ne répondit pas et continua à boire posément son bol de lait au miel. Jacques s'assit et attendit qu'elle termine. « Viens, on va chercher les jumeaux. On nous attend avec la charrette. » La perspective d'une montée dans les collines dans un véhicule traîné par un cheval valait la peine qu'on se presse. Dora se pressa. Ils grimpèrent jusqu'au deuxième étage en courant. Les jumeaux n'étaient pas dans leur chambre. Au premier, Jacques frappa à la porte de la chambre de Teresa. On entendait des fous rires et des galopades. Jacques donna un autre coup sur la porte et, n'ayant pas obtenu de réponse, ouvrit la porte et s'arrêta sur le seuil. Teresa et les enfants couraient en tous les sens. Les jumeaux essayaient d'échapper à leur mère qui les poursuivait, les attrapait l'un après l'autre et les jetait sur le lit, d'où ils se relevaient et se lançaient de nouveau à l'assaut, s'accrochant aux jambes de Teresa et s'efforçant d'y grimper. Scène on ne peut plus banale et naturelle.

Sinon que Teresa était nue. Entièrement, totalement et de haut en bas nue. Pas tout à fait, à vrai dire. Elle avait quand même mis des chaussettes pour marcher sur le parquet et protéger la plante de ses pieds des échardes. Nue comme un ver, pensa Dora. Elle ne fut pas spécialement choquée. Sa mère à elle ne lui cachait pas sa nudité, quand elles étaient toutes seules, c'est-à-dire la plupart du temps. Raymonde était blonde, Teresa brune, et la végétation qui prospérait au bas de son ventre était extrêmement noire, triangulairement découpée, bouclée. Dora n'était pas choquée mais elle pensa que sa maman était plus belle, là. Jacques s'était immobilisé et restait planté là comme une statue de sel. Il avait rougi et Dora vit que ses yeux s'efforçaient, sans y parvenir, de ne pas se poser sur le ventre de Teresa, ni sur ses fesses quand elle se penchait pour saisir un jumeau par la taille pour le jeter sur le lit, ni sur ses seins petits, hauts, à la pointe très rose, agités de mouvements variés. Elle était aussi brune sous les bras et ses cheveux tombaient très bas dans son dos. Dora trouvait Jacques plutôt benêt. La nudité de Teresa ne lui paraissait pas mériter une réaction aussi spectaculaire.

Essoufflée, Teresa interrompit le jeu, alla se recoucher sur le lit où les jumeaux, insatiables, vinrent se vautrer sur elle en réclamant : « Rê ! Rê ! » Le lit était un très grand lit à deux places et dans le coin contre le mur le grand Anglais, Jim, sorti d'un sans aucun doute profond sommeil par tout ce vacarme, se frottait les yeux. Il avait du mal à les garder ouverts. Dora était extrêmement intéressée par le phénomène de la présence de ce grand jeune homme blond dans le lit de Teresa. Elle ne pensait pas qu'il était le mari de Teresa, ni le père des jumeaux. Elle mit la scène en réserve dans son cerveau afin d'y réfléchir à son aise plus tard avec l'aide de son Journal.

Quand elle eut retrouvé son souffle, Teresa dit à Jacques et Dora : « Mais ne restez pas plantés là comme deux idiots, entrez. Qu'est-ce qui se passe ? » Jacques ouvrit la bouche mais aucun son n'en sortait. Dora expliqua qu'ils venaient chercher les jumeaux pour aller à la vendange. Les jumeaux aussitôt, abandonnant sans aucun scrupule leur mère qu'ils étaient en train de couvrir de baisers, sautèrent du lit en poussant leur cri de guerre et se précipitèrent dans l'escalier. Teresa passa une chemise de nuit en dentelle. Très belle. Joan et Jean étaient quasiment identiques et Dora essayait, essayait de trouver en quoi ils étaient différents mais elle n'arriva jamais à les distinguer l'un de l'autre de manière sûre. Elle n'était pas la seule. Même Camillou, leur grand-père, avec lequel ils étaient presque tout le temps, se trompait parfois. Teresa, leur mère, non. Dora trouvait cela normal. Elle était leur mère, quoi ! Du moins, quand Teresa disait « Joan, ne suce pas ton pouce », elle ne se trompait pas de prénom. À moins, pensa Dora un jour, qu'ils n'aient joué avec leur mère le même jeu qu'avec tout le monde, et profité vis-à-vis d'elle aussi de leur indistinction. *À moins, pensa Goodman beaucoup plus tard, quand il lut dans Lewis Carroll l'histoire de Tweedledum et Tweedledee, qu'ils n'aient pas été tout à fait certains eux-mêmes de leur nom ou bien, plus bizarrement encore, d'avoir des identités séparées.*

Ce qui était curieux aussi était la chose suivante : ils ressemblaient énormément à leur mère, mais quand ils étaient tous les deux près d'elle, et pas en mouvement accéléré, ce qui était rare, il apparaissait que le visage de l'un d'eux (Joan ?) avait une ressemblance plus marquée avec la moitié gauche du visage de Teresa que l'autre (Jean ?) dont la tête s'inspirait plutôt du côté droit. Alors Dora pensait qu'elle arriverait ainsi à les identifier. Mais dès que le trio se défaisait elle n'y parvenait plus. Elle essaya d'expliquer ce fait étrange à Jacques qui ne parut pas comprendre ce qu'elle disait. Pour lui c'était simple : il y avait *un double*, le « jumeau », et il était inutile de se casser la tête à essayer de savoir lequel était lequel. De toute façon, on n'avait jamais affaire à l'un sans avoir affaire à l'autre. Ils descendirent à leur tour et à toute vitesse et montèrent dans la charrette qui partit vers la vigne.

teresa nue, teresa nue. jim. teresa nue, nue. jim. teresa. teresa

Chapitre douze

Concepción et Incarnación accompagnaient l'expédition, portant sans effort apparent les gros paniers avec le repas des vendangeurs qui étaient à pied d'œuvre depuis l'aube. Elles s'assirent à l'avant près d'Antonio, le conducteur, qui se mit à flirter avec elles deux, leur adressant ce qui paraissait être des compliments fleuris et légèrement osés qu'elles accueillaient avec une indignation feinte. C'était un Andalou petit, très noir de peau rude et de soleil. On sortit à droite au bout de l'allée ornementale et on se mit à grimper. Au bout d'un kilomètre environ la charrette tourna dans un chemin de terre qui grimpait aussi, plus rudement, et bientôt on arriva. Jacques, qui s'était renseigné, apprit à Dora que l'endroit se nommait la Carrière Blanche, nom générique de cette colline. Entre deux arêtes de garrigue, sur les pentes de chaque côté de creux ravinés par les orages, il y avait ainsi de petites vignes, toutes sur le même modèle, avec un accès pour les charrettes, charrues, chevaux et comportes de vendangeurs, un chemin-veine bifurquant du réseau capillaire des chemins de vigne. Chacune de ces vignes était désignée par son appartenance au lieu-dit. À la fin de la journée, la charrette ramènerait les comportes, avec les grappes vendangées. On rentrerait à pied.

Incarnación et Concepción vinrent dire bonjour au cheval en lui offrant une ou deux carottes qu'il accepta avec bienveillance. Prenant la main de Dora, Incarnación lui fit toucher la peau de la joue de la bête, qui était brune et douce. Dora décida qu'un jour, quand elle serait grande, après la guerre, elle aurait un cheval. La vigne n'était pas très grande, en pente assez forte. Tout autour, il y avait des arbres, des cerisiers, des pruniers, des figuiers à figues noires, à figues blanches, et des pêchers, à pêches de vigne, les seuls avec les figuiers à avoir encore des fruits. Sous un figuier, en bas de la vigne, un puits. Au bord du puits, des seaux, qu'on remplissait avec l'eau fraîche remontée au bout d'une chaîne. Quelques bouteilles de vin au frais. Du vin noir, lourd, à boire seulement en fin de jour.

Le repas des enfants était dans un panier couvert d'un linge, protection contre les fourmis. De temps en temps Antonio chassait les taons qui persécutaient le cheval. À côté du puits aussi, une petite hutte en pierre, une « borie » où se mettre à l'ombre. Les jumeaux jouaient avec Dick, le chien de la ferme, un épagneul breton, joyeux, facétieux, qui faisait enrager Concepción et Incarnación en leur fauchant leurs sandales, qu'elles enlevaient pendant les pauses pour reposer leurs pieds. Elles riaient, l'insultaient : « ¡ Demonio de perro ! » Antonio le poursuivait, récupérait les sandales, les ramenait cérémonieusement à leurs propriétaires. Entre la vigne et la vigne voisine, un petit mur, des ronces. Jacques cherchait des mûres, mais il était tard dans la saison. Elles étaient pour la plupart assez petites, sèches. Les grappes coupées au sécateur par les vendangeurs et vendangeuses étaient mises dans les « comportes » transportées pleines et disposées dans la charrette. Dora et Jacques apprirent à couper.

Plus tard, l'heure était celle de midi, un jour qui appartenait toujours à l'été, un jour où la lune était présente dans le ciel. Le seul choix de ces mots montre pour ainsi dire l'atmosphère ardente que tant de lumière avait sublimée de la pierre, du soleil presque épuisé, du mur blanc de la petite cabane de pierre sèche, empoussiéré, silencieux. La lune fondait dans le ciel comme un léger nuage. L'air était bruyant d'insectes, les sauterelles s'envolaient des herbes sèches pour des bonds de deux ou trois mètres. Sous le ciel débordant de chaleur les sauterelles ; les innombrables sauterelles, aux corps bruns, comme couverts d'une fine poussière, aux ailes rouges, aux ailes bleues. Jacques s'amusait à les attraper, puis à les relâcher. Il en plaça une dans la paume de la main de Dora, d'un doigt retenant le corps de l'insecte. Elle sentit les petites griffes, et les longues cuisses s'arc-bouter, pour le bond entravé un moment. Elle se pencha jusqu'à mettre ses yeux presque sur les siens, sur ses mandibules silencieuses, agitées, furieuses. Puis elle retira son doigt, et la détente brusque de la sauterelle la fit partir à dix mètres, sur le muret, les fenouils, plus loin encore ; ailes bleues, ailes rouges.

Le chien, Dick, s'était assis aux pieds de Dora, la langue pendante de chaleur, ses poils bruns bouclés pleins d'« agafarots », ces très petites boules adhésives qui se prennent par centaines dans les vêtements, les poils : il en avait sur le ventre, le dos, sur ses longues oreilles posées en volets sur ses yeux. Dora les lui enlevait un à un, doucement, pour ne pas lui faire mal. C'était midi, le plus haut du jour, et pourtant la lune paraissait dans le ciel. Une lune infiniment légère, pâle, floconneuse, mince. Dora n'arrivait pas à croire qu'elle voyait bien la lune. La lune s'était comme oubliée dans le ciel au-dessus de la Carrière Blanche. Elle n'en bougea plus.

sauterelles bleues, rouges. ailes. bonds. sauterelles rouges. ailes bleues. bonds. sauterelles

Chapitre treize

Dès l'arrivée de Teresa les jumeaux ne s'intéressèrent plus qu'à elle. Ils lui collaient à la jupe, s'accrochaient à ses jambes, chacun la sienne, Joan (?) à gauche, Jean (?) à droite, l'accompagnaient dans la salle de bains, à la porte des cabinets, se plaçaient à sa droite et à sa gauche aux repas, etc., et ne jouaient plus du tout. Quand Teresa leur parlait ils comprenaient visiblement ce qu'elle leur disait, mais ils ne répondaient jamais. On aurait pu croire qu'ils étaient muets. Sinon qu'ils parlaient entre eux en leur langue, qui ressemblait à une langue réelle, qui était bien du langage articulé. On avait l'impression d'une succession de phrases extrêmement rapides, elliptiques. Quelque contenu passait de manière évidente dans ces sons, car un énoncé prononcé par Jean (?) se traduisait par un geste de Joan (?), par une action commune…

Jacques et Dora restèrent seuls. Tout Sainte-Lucie leur appartint désormais, sans partage. Ils explorèrent. Mais ils explorèrent surtout le Parc Sauvage. Ainsi, s'y enfonçant plus profondément qu'ils ne l'avaient fait précédemment, où ils étaient restés plutôt dans la proximité de la maison, parmi les ifs et les pins, ils découvrirent le Vieux Bassin. Le Vieux Bassin était un monde inclus dans le monde du Parc Sauvage, mais un sous-monde autonome, comme plus éloigné encore dans le temps que le parc lui-même, qui déjà paraissait plus ancien que les habitations. Depuis très longtemps sans eau, il ne parvenait plus à retenir l'eau des orages comme cela avait été sa tâche originelle. Sa maçonnerie était crevée, ruinée, et il était envahi d'une végétation effervescente. La responsabilité de cette destruction devait être presque entièrement attribuée aux figuiers. De grands figuiers sur les bords du bassin. Un figuier même a poussé au fond, dans un coin. Des grands figuiers au bord du bassin brûlant tombaient les figues brunies de soleil, les figues resserrées sur elles-mêmes autour du sucre et du soleil, les figues pennèques de septembre.

La figue pennèque est l'aboutissement parfait du fruit. La figue est par excellence un fruit intransportable, presque inséparable de l'arbre. On ne peut la plupart du temps la manger qu'immédiatement cueillie. *Rien n'est plus éloigné du fruit réel, rien n'est plus pitoyable qu'une « barquette » de figues offerte à des naïfs sur un marché parisien. Encore peut-on envisager – et cela se rencontre effectivement – de mettre de telles choses fades en vente. Elles trouvent même de malheureux acheteurs nés au nord de Montélimar, qui ne se doutent de rien. Mais on n'a jamais vu nulle part vendre de figues pennèques. Il s'agit bien là d'une singularité irréductible, plus infranchissable encore que celle de la mûre de ronces, qui partage pourtant avec elle le trait de non-rentabilité. On élève, on vend des mûres d'élevage, qui ont de la fadeur et surtout, symboliquement, poussent sur des ronces « sans épines » ! La mûre-ronce, comme la figue pennèque, est un fruit-symbole de la saveur intransmissible du passé. Le seul devenir parallèle de la figue, au vingt et unième siècle, est la figue sèche, qui constitue, comme l'est la datte telle que nous la connaissons, une mise en « herbier » de la saveur : brune comme la datte, à même distance qu'elle du fruit, de teinte gris-brun à l'opposé de la figue vraie, « blanche » ou noire, tel le coquelicot noir ou le bleuet fané entre les pages d'un cahier.*

Dans le grenier de Sainte-Lucie, il y avait des figues séchant sur des lattes de bois. Mais la *pennéquisation* est de beaucoup supérieure à l'assèchement, parce qu'elle conserve plus d'humidité, et la consistance vivante du fruit, toujours fragile, mais rendu plus fragile encore par la proximité de sa dissolution. Comme échappés des larges feuilles vert sombre des figuiers, ou comme issus par génération spontanée des crevasses du sol et des parois du Vieux Bassin, de grands lézards vert violent, abasourdis de chaleur et de lumière, régnaient sans concurrence, même pas effrayés par la présence des deux enfants. Leur présence restait prudemment distante, à cause de leur réputation, peut-être imméritée, de combattants aux morsures redoutables. L'un d'eux les regardait. Il s'était arrêté, restait immobile, les regardait de ses petits yeux, de côté. *Cinquante ans après il regardait encore Goodman, seul maintenant, il se secouait un peu de sa torpeur, et s'enfonça dans la ténèbre maçonnière, ou disparut vers le haut, vers la jungle de ronces, de graminées et de fenouils où se découpait le Vieux Bassin.*

Dans chaque fissure plus petite, lèvres minces dans la maçonnerie, un régiment de petits lézards gris espiègles et une cohorte de couleuvres. Aux bords des rides de fissures, les petits lézards vifs et gris les regardaient aussi, *le regardèrent*, la gorge palpitante, pâles, curieux. Les couleuvres glissaient, chuintaient, glissaient, chuintaient. Petites couleuvres d'eau bien éloignées de la petite rivière. Elles étaient grises et lançaient vers les deux enfants leur petite langue bifide, pour les intimider.

figues, lézards, couleuvres, chaleur, lumière, figues, couleuvres, lumière, lézards, chaleur. figues

Chapitre quatorze

Dès le matin, profitant de la liberté totale dont ils bénéficiaient ils s'en allaient là, dans ce qui était devenu leur territoire. Ils avaient peuplé le Vieux Bassin, le territoire le plus secret du Parc Sauvage, d'un danger imaginaire : des cobras, une famille de cobras royaux, les plus imposants, les plus dangereux de tous les cobras. Leur rôle dans l'aventure pouvait être facilement tenu par les pourtant inoffensives et très timides couleuvres. Ils s'étaient inspirés du *Livre de la jungle* de Kipling, mais en éliminant du décor la luxuriance totalement inimaginable de l'Inde dans le climat sévère des Corbières. Leurs scénarios ne faisaient appel ni à des boas, ni à des panthères aux dimensions excessives, ni aux singes, les Bandar Logs bavards. Dora trouvait ridicule et inepte l'enfant sauvage, Mowgli, et avait fermement et efficacement combattu les tentations mowgliesques de Jacques. Ils s'essayaient à grimper dans les branches des pins, mais sans grand succès. Ils étaient eux-mêmes, ils jouaient le rôle de Jacques et Dora menacés par les cobras, seuls au monde, sans famille, dans le Vieux Bassin.

Mais ils avaient un allié, une alliée plutôt, qui était l'ennemie mortelle des cobras, l'héroïne d'une de leurs nouvelles préférées: Rikki-Tikki-Tavi. Pour jouer ce rôle ils avaient choisi un grand lézard vert à l'allure décidée, baptisé, au moyen d'une distorsion assez grande, « mangouste ». Comme ils n'avaient aucune idée de l'apparence des vraies mangoustes, le lézard convenait parfaitement. Il était souvent là, dans une crevasse de la maçonnerie, se chauffant sur une dalle du fond. Alors que les autres lézards fuyaient dès qu'ils arrivaient, lui restait à les regarder, immobile, intrigué, pas peureux ni agressif. Ils vivaient et racontaient le drame des cobras menaçant leurs deux mères, retardant la fin heureuse jusqu'à ce que l'excès de soleil et de figues les chasse, vers l'ombre des ifs, ou les raisins. Jacques disait alors: « On va à La Vigne ? » Et ils partaient.

Sainte-Lucie avait dû être antérieurement une propriété plus vaste, mieux entretenue, plus riche. Le Parc Sauvage et le Vieux Bassin étaient sans doute les vestiges d'un « jardin d'agrément ». De l'eau avait probablement autrefois rempli le bassin, alimentée par un savant système de captation des sources et pluies, des rigoles. Des inclinaisons de dalles de pierre sèche dans les chemins y persuadaient toutes les eaux de ruissellement. Il en existait autrefois un peu partout, en Provence, en Catalogne, en Languedoc. C'était avant les ruines successives et conjuguées du dépeuplement rural, du tourisme et des « demeures secondaires », ce cancer dans l'art de la mémoire des paysages. Il y avait aussi, séparée des autres par sa topographie, une vigne de dimensions modestes. Située entre l'arrière de la maison, le parc et un petit bois de pins, elle était entièrement plantée de ceps producteurs de raisins. Pas des raisins ordinaires, des cépages réservés au vin ordinaire. Non, il n'y avait dans la petite vigne secrète que des raisins nobles élevés, selon l'expression consacrée, pour la table.

Elle devint, pour eux, « La Vigne ». Avec une majuscule orale appuyée sur l'article. « Allons à LA Vigne. » Elle offrait, avec les figuiers, en fait, de la nourriture. Elle apportait un complément bien utile à une alimentation spartiate, pauvre, peu variée. Le raisin et les figues furent leur sucre, une grande partie de leurs vitamines. Ils comblaient l'insistante faim laissée par les « rations » insuffisantes, par les trop rares volailles, l'absence presque absolue de viande, le peu de pain. Tels des moineaux, telles des grives d'après vendanges, ils plongeaient leur visage sous les feuilles, pour cueillir, ou mordre à même les grappes. Ils allongeaient leurs jambes nues couleur de terre sur la terre sèche, brûlée des sillons entre les ceps, et mangeaient, jusqu'à plus soif, jusqu'à l'ivresse, les raisins chauds, sucrés, liquoreux, lourds. Triangle de couleurs des grappes : muscats. Muscats noirs, muscats blancs, « aramons » roux ; « olivettes » blanches presque vertes au goût énervant, accrocheur.

Nouveaux jeux : égrener la grappe, prendre tous les grains d'une lourde grappe dans les mains, les frotter pour les débarrasser de la poussière, les faire briller, billes, luire. Peler les grains un à un avec soin, les épépiner des dents sans détruire la consistance du raisin, cracher les pépins, laisser couler le jus sur la langue, avec une lenteur fébrile, une lenteur d'animal du désert, de gerboise, manger la chair, mais garder la peau de chaque grain dans un coin de la bouche, dans la joue, comme font les hamsters. Conserver dix, vingt, cinquante peaux de grains de raisin ; résister au désir, au besoin de les manger ; puis les manger d'un seul coup. Enfin. L'orgie de raisins, aux grains très chauds, très sucrés, dans la vigne sans ombres sous le soleil insistant les saoulait. Ils étaient ivres comme des grives. Ils riaient, ils vacillaient, ils se lançaient des grappes, gaspillant le trésor de fruits heureusement inépuisable, car personne ne venait dans LA Vigne. Ils y étaient toujours seuls, comme si son existence même avait été oubliée.

raisins, tomates, figues. minuit, midi, raisins, figues. midi, tomates. minuit, raisins

Chapitre quinze

Dora grimpait sur un mur du bassin, s'aidant des pierres légèrement déchaussées. Elle voulait attraper une pigne restée coincée à mi-hauteur. Elle glissa, détacha une grosse pierre en tombant, sa jupe s'accrocha à une ronce. Il y eut un bruit net de déchirure. Elle s'était écorché le genou, ça saignait un peu, piquait un peu. « Tu survivras », lui dit Jacques. Ça piquait mais elle ne pleurait pas. Sa jupe l'inquiétait plus que son genou. Elle alla s'asseoir sur une dalle large et brûlante, sur le coin de la pierre abrité par les larges feuilles d'un figuier. Elle enleva la jupe, resta en culotte. La déchirure était nette mais pas irréparable. Elle ferait une reprise. Elle avait appris. Il y avait certainement de quoi faire une reprise dans la maison.

Jacques la regardait faire, debout. Et il dit : « Mets-toi toute nue. » « Quoi ? » « Mets-toi toute nue ! » « Tu n'es pas fou ? » Il répéta encore : « Mets-toi toute nue. » Dora posa sa jupe par terre et délibéra. Tout ça, c'était la faute de Teresa. On ne se promène pas toute nue devant des garçons. Il se préparait à répéter son ordre. Dora ne voulait pas se fâcher. Pas de dispute. Ce serait trop bête. Il avait l'air d'être prêt à s'obstiner. Elle hésita. « D'accord, mais alors toi aussi. Je ne me déshabille pas si tu n'en fais pas autant. » Il ne s'attendait pas à ça. Dora rit : « Tu as peur ? » Silence. « Il n'y a pas de raison que je me mette toute nue et pas toi. » Jacques hésita palpablement. Puis il s'exécuta. Dora lui dit : « C'est quoi ça ? » Elle n'avait pas bien vu, l'autre jour, quand ils faisaient pipi tous les trois, les jumeaux et lui. Dora examinait, avec objectivité. Elle trouvait le machin plutôt ridicule. « C'est mon trougoudou. » « Et ça sert à quoi ? » « À faire pipi. » L'évidence c'est l'évidence. « Tu en as pas. » « Non, tu vois bien, idiot. Mais j'ai une zizounette. » « Où ça ? » « Là. » Jacques s'approcha. Dora écarta pour lui montrer. « C'est tout petit. » « Oui, mais c'est pas bête comme ton trougoudou. » « Je peux toucher ? » « Non. C'est à moi. » « Tu n'as pas de poils, là. » « Toi non plus. J'en aurai quand je serai grande. Mais je ne me mettrai pas toute nue devant les garçons, moi. » « Et tu n'es pas toute nue, en ce moment ? » « Oui, mais tu es mon ami. Et puis ça suffit comme ça. »

Elle remit sa culotte. Il eut l'air vaguement déçu. Ils ne parlèrent plus de zizounette ni de trougoudou, ni ce jour-là ni un autre. Dora remit sa jupe. La déchirure était sur le côté mais heureusement on ne voyait pas sa culotte. Son genou lui faisait mal. Elle grimaça. « Il faudrait qu'on rentre. Mettre de l'eau oxygénée pour nettoyer. » Quelques petits cailloux s'étaient incrustés dans la chair à vif. Mais Dora ne voulut pas interrompre le jeu. Elle ne voulait rien perdre des journées. Chaque jour, le signal pouvait venir, le départ, la montagne, l'Espagne, l'inconnu. Quand reverrait-elle sa mère ? Elle s'approcha du coin du mur, cherchant une pierre pour casser les pignons. La pomme de pin qu'elle était allée chercher était tombée avec elle. Quelques pignons leur feraient du bien. S'ils trouvaient d'autres pignes en revenant dans le parc, ils pourraient préparer une assiettée de pignons à offrir à Camillou, pour manger avec du miel.

Le figuier du coin du mur laissait dans l'ombre une ouverture qu'ils n'avaient pas jusque-là aperçue. En tirant sur une pierre, elle apparut beaucoup plus large. « On y va ? » Ils n'hésitèrent pas longtemps. Jacques passa le premier, Dora ne lui disputa pas ce privilège de garçon. Un peu de jour entrait, laissant voir un tunnel spacieux, maçonné, en bon état, qui disparaissait peu à peu dans la distance. Il allait en direction de la route montante, qui n'était pas très éloignée. Malgré les arbres et les fourrés épais on entendait parfois passer une voiture, une charrette, des voix. Ils n'y avaient guère fait attention. Ils avançaient excités, effrayés, le cœur battant. Aventure. Jacques se conduisait en Mohican. Dora était heureuse. Ils allèrent jusqu'au bout, toujours éclairés, faiblement mais éclairés par la lumière venue du bassin. Le tunnel s'arrêta. Ils étaient au fond d'une sorte de puits carré. En haut, à trois ou quatre mètres, on voyait un peu de jour, à travers du verre, couvert de branchages. À cause du verre qui couvrait, le puits était sec, les pluies n'y avaient pas entrée. Une échelle métallique. À deux ils réussirent à soulever le couvercle du puits et à sortir. L'ouverture se trouvait assez près de la route, séparée d'elle par le mur de la propriété. Le mur n'était pas très haut et on pouvait passer assez facilement de l'autre côté. Merveille. Un passage secret.

En revenant vers le bassin, pas loin de l'entrée du tunnel ils découvrirent une sorte de chambre, petite, confortable. « On se mettra là », dit Dora. « Pour faire quoi ? » « Pour jouer, pour écrire. J'amènerai mon Journal. On mettra des messages pour les gens, plus tard. » C'était une bonne idée. Le soir, Incarnación nettoya le genou de Dora. L'eau oxygénée brûlait mais elle ne pleura pas. Après quelques jours, ça grattait, la peau était un peu rose. La jupe, Dora la reprisa elle-même, comme elle put.

seuls, nue (vue ?), nus

Chapitre seize

Dora adorait Camillou. Chaque matin elle le cherchait dans la maison pour lui dire bonjour et quand elle le trouvait elle l'embrassait. Elle l'embrassait aussi avant d'aller se coucher. Il n'y avait pas entre eux beaucoup plus d'échanges mais cela lui suffisait. Elle l'aurait voulu pour grand-père. Ses grands-parents à elle étaient loin, en Amérique.

Un soir, au dîner, Camillou, Vlad, Jim et Teresa se mirent à parler de l'Espagne, de la guerre civile, de la guerre présente. Une énorme bataille s'était engagée là-bas, en Union soviétique. Les armées allemandes s'avançant en direction du Caucase, pour s'emparer du pétrole de Bakou, étaient bloquées dans un coude de la Volga, à Stalingrad. La lutte était féroce. La radio de Vichy parlait du triomphe sans cesse plus proche des divisions de von Paulus, mais c'était toujours le même bulletin. Il était clair qu'ils n'avançaient pas, ou plus. La radio de Londres, en anglais ou en français, exaltait la résistance héroïque des Soviétiques.

Jacques et Dora étaient restés à leur place à la fin du dîner. Ils écoutaient. On ne les avait pas envoyés se coucher. Jim, l'Anglais, parlait assez bien français, Vlad ne parlait pas anglais. La conversation avait donc lieu en français, avec quelques apartés en catalan entre le père et la fille. Jim ne savait pas grand-chose de ce qui s'était passé en Espagne. Il avait vingt-trois ans. Il était là, sans doute descendu en parachute d'un avion de la RAF, pour une tâche que Dora et Jacques ne pouvaient deviner. Pour lui, Franco faisait partie des neutres. Sinon, comment pouvait-on penser à envoyer les enfants vers le Portugal et l'Angleterre à travers ce pays si Franco était un allié d'Hitler ? Camillou expliqua. Il raconta la guerre, il expliqua que Franco était de cœur avec Mussolini et Hitler qui l'avaient aidé à triompher de la République. Et il se lança à ce moment-là dans une attaque violente contre les gouvernements de l'Angleterre et de la France qui n'avaient rien fait pour sauver l'Espagne républicaine. Leur responsabilité était énorme.

Ils avaient voulu s'entendre avec Hitler. Oui, votre Premier ministre voulait s'entendre avec Hitler. Sans Churchill, l'Angleterre aurait continué sa politique de, « comment dites-vous *appeasement* ? ». Comme si on pouvait « apaiser » les nazis. Il était furieux. Dora, qui ne l'avait jamais vu en colère, qui ne l'avait jamais entendu parler autrement que doucement, calmement, était fascinée. Teresa expliqua que Camillou avait dépensé toute sa fortune ou presque dans l'achat d'armes pour les armées républicaines. Il voulait offrir aussi des avions de combat capables de lutter contre les stukas et les Messerschmitt, ces avions qui s'étaient illustrés en mitraillant les populations civiles et qui étaient responsables du massacre de Guernica. Mais il s'était heurté à un refus obstiné. À cause de la fameuse doctrine de non-intervention. Camillou était allé à Paris, il avait rencontré Léon Blum, le dirigeant du Front populaire, un socialiste, et Léon Blum lui avait expliqué, avec des sanglots dans la voix, que non il ne pouvait pas, il avait donné sa parole, il ne pouvait même pas laisser faire, en secret. Camillou s'étranglait de fureur : « Mais je l'ai vu, Jim, je l'ai vu, le lâche. Un socialiste, ça ? »

Dora ne comprenait pas tout ce qui se disait mais elle sentait l'émotion de Camillou. Son cœur battait pour lui. Jacques écoutait, les coudes sur la table. La conversation revint sur le futur, sur « après ». Jim était optimiste. On gagnera. Maintenant que Roosevelt a mis les USA du bon côté, Hitler n'avait plus aucune chance. Il n'avait même pas pu nous battre quand nous étions les seuls à résister. Et il n'avait pas encore battu les Russes, n'est-ce pas ? Ça n'avait pas l'air d'aller si fort que ça pour lui, à Stalingrad, n'est-ce pas ? Camillou n'était pas si convaincu de l'ardeur antifasciste des USA. Ils y ont mis bien du temps à se décider. Et pourquoi avaient-ils continué à reconnaître Pétain ? Jim continuait : Si Franco est neutre, c'est qu'il n'est pas si sûr que ça de la victoire allemande. Et quand on aura triomphé d'Hitler, disait Jim, on s'occupera de lui. Vlad, alors, qui ne parlait pour ainsi dire jamais, qui semblait dans un autre monde entièrement, conversant mentalement avec son piano, dit à Jim quelque chose que Jacques n'oublia pas : « Si vous perdez, il prospérera dans l'Ordre mondial que nous promettent les nazis. Si vous gagnez, il s'en tirera. » Camillou, Teresa, Jim se récrièrent : « On le chassera, c'est sûr. Il ne tiendra pas huit jours. » Mais Vlad avait raison. Franco mourut dans son lit trente ans après la capitulation du Troisième Reich. Et il se montra un allié empressé des USA pendant la guerre froide.

Cherchant à trouver le sommeil après l'émotion et l'excitation de la soirée, Dora, à la lumière de la petite lampe sur sa table de nuit, regardait évoluer l'araignée. Cette araignée ne lui faisait pas peur. Et elle lui était devenue familière, presque une amie, depuis qu'un matin, en ouvrant les yeux, elle l'avait vue descendre du plafond sur son fil et venir boire de l'eau dans son verre. Depuis elle laissait toujours pour elle une soucoupe pleine d'eau sur le rebord de la fenêtre.

Espagne ! Espagne ! Espagne ! Espagne ! Espagne ! Espagne ! Espagne ! Espagne ! Espagne ! Espagne ! Espagne !

Chapitre dix-sept

La veille de l'orage Teresa partit. Elle ramenait les jumeaux chez leur père. La rentrée des classes approchait et ils devaient entrer au cours préparatoire. Elle amenait sa mère dans une clinique de Toulouse, pour des soins qui ne furent pas précisés. Ou bien Dora n'écouta pas les explications données au déjeuner. Clémentine était pour elle restée un fantôme, qu'elle n'avait vu qu'une fois dans sa chambre, où les volets étaient fermés et où elle buvait une tasse de thé dans son lit, lasse et fragile. Dora ne connaissait aucune de ses deux grand-mères à elle. L'une avait toujours été morte, l'autre était en Amérique et elle n'en avait que des souvenirs de plus en plus vagues. Camillou désapprouvait qu'on enferme les jumeaux dans une école. Ils savaient déjà lire et écrire, avec les leçons que Clémentine leur avait données, mais ils étaient libres et sauvages et jamais ils ne se soumettraient à la discipline, selon lui imbécile, des instituteurs. Mais Teresa ne voulait pas qu'ils restent à Sainte-Lucie. Trop dangereux. Et à qui la faute? Et eux? avait rétorqué Camillou, montrant Dora, montrant Jacques. Teresa n'y pouvait rien.

Au moment de partir, de monter dans le gazogène avec les bagages, les jumeaux, qui n'avaient jamais semblé être conscients de son existence, se jetèrent sur Dora et la couvrirent de baisers. La voiture prit son temps pour démarrer, démarra, s'éloigna en cahotant dans la grande allée, disparut. Ils étaient presque seuls dans la grande maison, en tout cas de ce côté-là. Le deuxième étage et le grenier leur appartenaient maintenant entièrement. Au premier étage il n'y avait plus que Jim et Vlad. Vlad passait ses journées au piano, buvant du thé, Jim dans un fauteuil l'écoutait, fumant des « Pall Mall ». Il prononçait ça « pêle-mêle » ou quelque chose d'approchant. Il avait apporté avec lui une provision de ces cigarettes et, il avait beau économiser, il n'y en aurait bientôt plus.

En fait de journées, c'était plutôt les après-midi et une bonne partie des nuits qu'ils occupaient cette pièce. Ils ne descendaient guère avant midi de leur chambre. Le soir ils discutaient avec Camillou, tout en buvant de petits verres. Camillou ne buvait pas. Vlad lui avait demandé s'il n'avait pas quelque alcool dans un placard. Il finit par dénicher une bouteille poussiéreuse, dont il versa deux larges verres à ses hôtes. Jim prit le sien, trempa ses lèvres, et le reposa aussitôt. C'était de l'alcool pur. Vlad vida le sien sans sourciller. C'était à peine plus fort que de la vodka.

Dans le grenier Dora dénicha deux vélos. Ils étaient un peu trop petits, et les deux étaient des bicyclettes de garçon, mais ils les descendirent, les regonflèrent et commencèrent à faire des tours dans la grande allée. Ils allaient jusqu'à la route, et revenaient. À cause d'un caillou pointu, le pneu avant de Dora creva. Camillou leur montra comment réparer, prendre une bassine d'eau, tremper la chambre à air pour repérer le trou, racler avec la râpe, mettre une rustine. Ils décidèrent de partir, le lendemain, pour explorer les environs. Le lendemain fut le jour de l'orage. Dès le matin, le vent souffla très fort. Le ciel se couvrit de nuages, gros et forts, de plus en plus noirs. Il y eut des éclairs, il y eut du tonnerre. À la fenêtre de la chambre de Jacques, ils regardaient les éclairs, ils écoutaient le tonnerre, plus ou moins violent. Jacques expliqua à Dora comment calculer la distance : la lumière vient tout de suite. Le son vient moins vite. Il fait trois cents mètres par seconde. On compte le temps qui sépare l'éclair du coup de tonnerre. L'orage s'approchait : trois kilomètres, puis deux, puis un. Un énorme vacarme. La foudre tomba sur la gauche, pas loin. Il s'était fait très noir. L'orage passa par-dessus la maison, s'éloigna. Il se mit à tomber de la pluie, de larges gouttes, de plus en plus pressées. Les arbres du Parc Sauvage secouaient leur tête dans le vent, attaqués de biais par l'averse, par le déluge. Le nez collé sur la vitre, muets, les deux enfants regardaient les trombes d'eau faire de la terrasse une mare. Le ciel n'existait plus. Il y avait comme un plafond au-dessus des arbres, une masse basse, grise.

Dès que les premiers éclairs avaient zigzagué dans le ciel, Concepción et Incarnación étaient passées partout, fermant les fenêtres, les volets. Au bout d'une heure la pluie ralentit. Le tonnerre avait disparu dans le lointain. Les nuages le poursuivaient. Le ciel commença à revenir. Il y eut un bout de bleu. La pluie hésita, lança encore quelques volées de gouttes, s'arrêta. Le vent aussi. Ils descendirent, ouvrirent la porte. Pieds nus dans l'eau tiède, ils allèrent jusqu'au parc. Les ifs étaient trempés, il y avait une goutte d'eau au nez de chaque fruit rouge. Les sapins et les cèdres bleutés, en se secouant, les inondaient. Le ciel fut pur, d'un bleu intense, avec un soleil triomphant. Rentrés prendre leurs sandales, ils allèrent jusqu'au Vieux Bassin. Il y avait bien dix centimètres d'eau dans le fond, mais elle disparaissait déjà par les crevasses, la terre sèche, assoiffée, l'avalait avidement. L'eau n'était à aucun moment montée jusqu'à l'entrée du tunnel, derrière le figuier. Tout était resté sec à l'intérieur.

orage

Chapitre dix-huit

Mais le lendemain le beau temps n'était pas revenu. Le ciel était gris, maussade. Il tombait une petite pluie fine, désagréable. Ne pouvant pas sortir, ayant renoncé aux expéditions vélocipédiques prévues, ils descendirent dans la grande salle de séjour, au rez-de-chaussée. Là était le piano. Vlad jouait. Jacques n'avait jamais joué du piano et Dora préférait la flûte. Elle avait souvent entendu Vlad jouer, ce n'était pas une surprise pour elle. Mais Jacques écoutait, écoutait. Vlad, à ces moments, à ces moments seulement, s'animait. De sa longue chevelure désordonnée descendant presque jusqu'à ses doigts il jouait, avec infiniment d'âme, des pages et des pages de « nocturnes » de Chopin.

Plus tard dans sa vie Goodman aima assez cette musique mais, à la réflexion, il sentit que l'interprétation hyper-romantique qui coulait de ce front pâle, de cette chevelure et de ces doigts vers le malheureux et assez mal accordé piano de Sainte-Lucie était très peu en harmonie esthétique avec celui qu'il était devenu. Son oreille adulte, formée par son parrain, Oncle Guy, en était venue à privilégier franchement la sobriété d'exécution. D'ailleurs, il s'était mis à préférer nettement la musique de clavecin à celle composée pour le piano.

Jacques, une fois sa surprise émoussée, finit par trouver Vlad comique. Réaction favorisée par une circonstance particulière. Voyant les enfants un peu désœuvrés, s'ennuyant parce qu'ils ne pouvaient pas aller au-dehors comme d'habitude, Camillou leur ouvrit sa bibliothèque. Les livres de la bibliothèque de Camillou étaient pour grande partie espagnols. Mais il y avait aussi des livres français, entre lesquels ils purent choisir sans restriction. L'assemblage en était plutôt désordonné. Aucun principe de rangement ne s'y discernait. Sortant les livres un peu au hasard, ils furent d'abord attirés par : - joseph heliodore sagesse vertu garcin de Tassy (1799-1878) rudiments de langue hindouique *titre complet identifié beaucoup plus tard par Goodman en retrouvant la trace dans son souvenir*. Ils ne s'y attardèrent pas longtemps. Ni sur un livre d'histoire contemporaine en italien où ils lurent, avec un certain amusement : Mussolini a siempre ragione, et cette fière déclaration : A qui la Corsica ? A noi. A qui Nizza ? A noi…

« Les Italiens, pour "Jacques", disent "Giacopo". » « Comment tu le sais ? » « Ma mère me l'a dit. » Mais ils firent aussi la connaissance du grand *Quichotte* illustré par Gustave Doré.

Il n'a pas échappé plus tard à Goodman que ce héros, dickensien et dostoïevskien à la fois, avait une parenté certaine avec Camille B., qui avait été le « Camillou », ou bien que Camille B. avait une composante « quichottesque », pas tellement parce qu'il ne sut pas se « débrouiller » dans le « struggle for life » d'après la Libération, ce qu'il entendit dire de lui (on le verra vers la fin de ce livre) avec un attendrissement légèrement agacé, mais parce qu'il ne cessa de s'affronter aux géants et aux moulins de ce monde pour l'amour de l'espèce humaine, douteuse « Toboso » (les géants-moulins qu'affronte le héros sont parfaitement réels, contrairement à ce que la lecture usuelle, trop rapide, du Quichotte *pourrait laisser croire : « the joke, comme on dit en anglais, is on us »).*

La lecture du *Quichotte* dans ce contexte était en somme quasiment imposée. Mais ils choisirent aussi deux autres livres, aussi différents l'un de l'autre que possible, auxquels le lieu où ils se trouvaient convenait parfaitement. Le premier était celui que Dora avait vu dans le bureau des M. où elle avait passé la nuit au début de la présente histoire et dont elle put ainsi reprendre la lecture. Les « Contes » d'Edgar Poe, dans la traduction de Baudelaire. Les circonstances de la lecture font partie de la lecture : aussi bien le livre concret que son apparence, son format, son poids, sa typographie, que le volume d'espace réel au scin duqucl nous l'avons lu : un train, un lit, une herbe. Le livre, l'œuvre, est *cela* pour nous. Il est tout autant que la lettre exacte de son texte, vérifiable en le rouvrant (et pas toujours alors compatible avec notre souvenir !), ce que nous en avons retenu (les « circonstances » en font partie). Tout autant que l'immobilité stable de ses mots, dans ses pages, l'allure de nos yeux sur ses lignes, l'intensité variable de notre regard. Mais les livres que nous avons lus « colorent » en retour, d'une manière au moins aussi forte, les lieux et les circonstances dans lesquels nous les avons ouverts. C'est pourquoi, comme on était dans l'été méditerranéen, les imaginations macabres de « La chute de la maison Usher », par exemple, ne firent pas pour eux de la grande salle de Sainte-Lucie un endroit « gothique ». Malgré les débordements romantiques de Chopin tel que Vlad le déversait dans leurs oreilles, c'est le rire provoqué par la deuxième lecture qui s'imposa. Ils ouvrirent *Trois Hommes dans un bateau*, de Jerome K. Jerome, et seuls dans la grande pièce matinale, tiède, protégée, et vide, s'enchantaient de phrases qu'ils se répétaient ensuite avec joie : « Je n'ai jamais vu deux hommes faire tant de choses avec une livre de beurre », ou encore « Je n'avais pas l'épanchement de synovie », « Pourquoi n'avais-je pas l'épanchement de synovie ? », et ils riaient.

soir, alors lis

Chapitre dix-neuf

Les années 40-45 furent des années bénies pour le vélo. Les routes étaient presque entièrement libres de voitures. Leur machinerie était plutôt rudimentaire, les « changements de vitesse », par exemple, leur étaient inconnus. Et ne parlons pas du cambouis sur les mains. Et ne parlons pas du poids ! N'importe qui, aujourd'hui, peut commander à un vélo à peine plus lourd qu'un paquet de cigarettes, qui se met en mouvement, semble-t-il, sur une simple poussée du doigt et roule presque sans contribution aucune des muscles. La selle de ce vélo de garçon avait une tendance très affirmée à scier les fesses nues de Dora, mais elle se montrait stoïque, pédalait allègrement, ne se laissait pas trop distancer par Jacques. Il y allait de son honneur.

Il y avait, dans les environs de Sainte-Lucie, quelques montées redoutables. Un village dont le nom contenait à la fois la couleur rouge et la brûlure s'atteignait par une côte marquée de deux « chevrons » sur la carte Michelin prêtée par Camillou. On commençait par une première pente pas trop rude. Ensuite il y avait un faux plat. Ensuite on rencontrait un virage et une deuxième tranche de pente encore plus rude, suivie d'un nouveau faux plat, celui-là très court. Enfin, le plat de résistance présenté à la place du dessert d'une descente qui était franchement raide et longue. Jacques avait pris quelques longueurs d'avance dans le premier petit tiers, avait déjà perdu de cette avance dans le deuxième tiers le plus long. Maintenant il était tout rouge et grimpait en danseuse. Dora avait beaucoup souffert jusque-là mais elle se sentit tout d'un coup légère. Elle accéléra, le doubla et arriva la première au sommet. Assis en haut du col un peu plus loin que les dernières maisons du village, qui semblait entièrement déserté à cette heure de mi-journée, ils reprenaient leur souffle, les bicyclettes allongées sur le goudron. Comme le goudron était presque fondant, ils les ramassèrent et les posèrent contre un muret. « Ma parole », dit Jacques, beau joueur et fier d'avoir trouvé à employer cette expression typique du langage de la tribu, « ma parole, tu grimpes comme une chèvre ! »

Avant de redescendre, ils escaladèrent un monticule pour voir ce qu'il y avait « derrière », après le col. Le ciel, qui s'était de nouveau couvert, bas dans la plaine, mais sans menace d'orage, était dégagé dans la hauteur. Le village était sous eux : quelques maisons ; partout l'argile ; argile rouge ; le rouge propre, vraie couleur ; quelques maisons en bord de route, en pente brusque. Villerouge, Villerouge-la-Crémade, la « brûlée ». Là-haut la vue découvrait brusquement des kilomètres de lointains et au plus loin de ces lointains quelque chose bougeant bleu.

C'était quoi ? C'était la mer. Pas de doute, la mer. La Méditerranée. Comme une « écume bleue », son scintillement lointain dans le soleil immatériel, retrouvé, incessant. La mer inaccessible, mais espérée pour plus tard, « après la guerre ». Ils ne voyaient qu'une goutte étroite de mer, une goutte bougeante, petite, écumeuse et bleue. Elle était à peine une discontinuité scintillante dans l'océan de l'horizon, l'océan-ciel, presque imperceptible entre les rochers, les collines chutant l'une sur l'autre jusqu'à l'imprécision due à l'air, à l'air trop clair, au soleil-brume. Le futur, la paix étaient ainsi.

Dans l'ivresse de la descente, Jacques prit sa revanche. Dora avait peur. Elle freinait, freinait comme une « perdue », s'arrêtant presque dans le virage. Il l'attendit, en bas, appuyé négligemment au cadre de la bicyclette, debout, dans la position d'un vainqueur du Tour de France d'avant guerre, un Antonin Magne, un Lapébie. Souriant. Avant de rentrer ils firent une visite « touristique » : l'Abbaye de Fontfroide. Oasis de fraîcheur réelle, mais au moins autant suscitée par le nom, par l'appel d'eau de « Font », qui est « fontaine » en provençal, et par l'offre d'une délivrance de la canicule que promet « Froide », mot non « valise » mais mot de fusion, FontFroide. Fontaine de silence dans l'assourdissement des criquets, des pneus de vélo crissant de freins sur le chemin tournant, descendant, poussiéreux, dans la lumière poussiéreuse et bruyante de fin septembre. Ombres médiévales invisibles à déambulation rectangulaire. Ombres silencieuses protégées par la pierre, par le trésor de l'eau nourrice de paix, par la pierre vertueuse protectrice de la contemplation muette des reclus. Et les murs entiers du quadrangle intérieur, de l'espace géométrique réservé à la lente séculaire circulation méditative, étaient couverts de glycines ; un parfum invraisemblablement intense rayonnait de leurs grandes grappes bleues ; pas le bleu de la mer tel qu'en sa deuxième vision, un bleu plus clair ; ni le bleu un peu violet des iris, mais un bleu bouclé, léger et froid comme une eau sortie en mousse d'une bouche de fontaine. Parfum comme chargé du sucre enclos dans le nom mouvant de la plante qui rampait sur les murs, qui se faisait robe des murs, à grappes d'un raisin de fleurs : glycine.

seuls : mer, murs – sourd sud, ors –

Chapitre vingt

Un pont sur la petite rivière avant la montée du retour à Sainte-Lucie. Il y avait rarement de l'eau. Mais il y en avait toujours. Car même si en certains endroits elle paraissait à sec, définitivement morte, elle réapparaissait pourtant quelques dizaines de mètres plus loin, petit filet sortant du sol. Ailleurs, des sortes de lacs minuscules. Des trous d'eau. Et il y avait dans chaque trou d'eau des poissons qui se réfugiaient sous la rive quand on approchait du bord. Le lit de la rivière était large, mais ce n'est pas l'habitude des cours d'eau méditerranéens d'occuper la totalité de leur lit. Il est là pour servir à l'occasion, en cas d'orage.

Jacques et Dora s'arrêtèrent, regardèrent depuis le parapet du pont. On voyait distinctement, à l'état des rives, aux débris de branches qui y étaient accrochés, certains très haut, que l'eau, pendant l'orage, avait été très près de passer sur le pont et peut-être même de l'emporter avec rage. Il y avait encore de l'eau, beaucoup d'eau, roulante sans rugir, mais rapide et décidée. Jacques la contemplait rêveusement. Rangeant son vélo contre le mur, à côté d'une porte, il dit à Dora : « Allons faire un barrage ? ? ? » Il avait passé de longs moments plongé dans une encyclopédie sortie de la bibliothèque. Les castors avaient reçu toute sa sympathie. Il expliqua. La rivière coulait parallèlement à l'allée cérémoniale de l'entrée, au bas d'une vigne. Entre la vigne et l'eau, un vaste potager. Il fournissait tomates, poivrons, salades, aubergines et tutti quanti. Un puits. Une petite cabane. Sur l'autre rive, une vigne encore, montant vers une colline, montée d'une ruine. La rivière, le gros ruisseau, le « ru », entre les deux.

Quelques pierres plates interrompaient le cours, à quelques pas de la cabane. L'eau était peu profonde. Le niveau de l'eau avait baissé depuis le jour de l'orage mais la montagne, pas si lointaine, nourrissait la rivière. On la voyait descendre sur la carte Michelin, petite ligne bleue et fine qui allait se jeter dans plus grande qu'elle, à quelques kilomètres, l'Aude. Elle empruntait à la montagne une eau très froide, très claire, transparente, comme liquoreuse. Dora enleva ses sandales, attacha sa jupe à sa ceinture, mit un doigt de pied dans l'eau, le retira. Fit la grimace. Jacques pataugeait déjà résolument. Au milieu du courant, l'eau lui venait au-dessus du genou, pas plus. « Alors, tu viens ? » Dora s'enfonça. Le froid de l'eau lui coupa le souffle et elle devint toute rouge. Mais elle résista à l'envie de sortir de la rivière.

Ils commencèrent à prendre des pierres au-dessus des sortes de dalles plates qui étaient déjà là et constitueraient la base du barrage. Assez vite, l'eau monta. De quelques centimètres. S'inspirant de l'exemple castorien, Jacques alla chercher sur la rive des morceaux de bois, des morceaux de ceps de vigne qu'il entassa sur les pierres. L'eau commença à passer par-dessus et surtout entre les pierres, entre les branches. Il fallait colmater les brèches. Dora s'en alla prendre des mottes de terre très sèches mais restées très compactes depuis l'orage. Elle les tendait à Jacques qui, le menton dans l'eau, s'en servait comme d'un emplâtre sur les pierres, comme un cataplasme, bouchant les trous. La rivière cédait momentanément, contournait, grignotait, rognait. Parfois une motte cédait brusquement, ou une pierre, emportant tout un pan du barrage. L'eau triomphait, s'engouffrait.

Dora se prenait au jeu. Il lui paraissait bien un peu idiot car ils ne pouvaient certainement pas espérer arrêter l'eau complètement. Elle ne sentait plus le froid. Ni la chaleur du soleil sur sa tête. Elle avait suffisamment été dehors, depuis des semaines, sans chapeau, pour ne pas risquer le coup de soleil, l'insolation, mais son front avait bien chaud tout de même. Il était de plus en plus difficile de faire monter le barrage. Tous leurs efforts tendaient seulement à ne pas perdre du terrain, à conserver leurs gains malgré les ruses de l'ennemi. La rivière était tenace, habile, sournoise. Elle s'efforçait secrètement de déloger une des pierres des fondations et quand elle parvenait à la bouger elle émettait un bruissement de triomphe. S'ils avaient connu la poésie de Charles Baudelaire et la mythologie grecque, ils auraient pu réciter : « Pour soulever un poids si lourd / Sisyphe, il faudrait ton courage ! / Bien qu'on aie du cœur à l'ouvrage / L'art est long et le temps est court. » Et en effet le temps raccourcissait. Le jour de presque octobre courait vers sa fin. Jacques se redressa, sortit de l'eau. Debout sur la rive, ils assistèrent à la démolition rapide de leur ouvrage. Une à une, la rivière délogea les branches d'entre les pierres, finit de dissoudre les mottes de terre, les emporta, délogea une à une les pierres entassées. En moins d'un quart d'heure il ne resta plus rien. Alors ils remontèrent vers la maison. Jetant un coup d'œil à l'intérieur de la cabane, ils virent sur le sol des mégots. Très reconnaissables.

Pas de doute. Jim était venu là. Et pas qu'une fois. Pourtant ils ne l'avaient jamais vu sortir de la maison.

et un ru, entre

Chapitre vingt et un

Nuit claire, tiède, sous beaucoup d'étoiles. Il était presque minuit. Dora, qui avait réussi à ne pas s'endormir, entendant la porte de la chambre de Jim s'ouvrir avec une discrétion extrême, alla réveiller Jacques, qui avait, lui, succombé au sommeil en dépit de tous ses efforts. Un délicieux sentiment de conspiration s'était emparé d'eux. Comment faire? Impossible de suivre Jim sans se faire « repérer ». Mais comme ils savaient, étaient à peu près sûrs qu'ils savaient où il allait, le mieux était de rejoindre la cabane au bord de la rivière par un autre chemin, de s'approcher le plus possible et le plus silencieusement possible pour découvrir à quelle opération mystérieuse il se livrait. Ils attendirent un moment. Tout dormait. Ils descendirent sur la terrasse par la véranda, opération à peine acrobatique, s'engouffrèrent dans le Parc Sauvage, les lampes électriques aux piles Wonder à la main. Les étoiles brillaient à travers la cime des arbres. L'air gardait encore de la chaleur de la journée. Ils avaient mis de vieux pull-overs dénichés, comme les lampes, dans le grenier. Ils traversèrent la grande allée, rejoignirent, en un large détour, le bord de la rivière. Ils marchaient le plus près possible de l'eau, fidèles aux enseignements de Fenimore Cooper tirés par Jacques de la lecture du *Dernier des Mohicans.* Malgré les ronces, en dépit des orties. Ils arrivèrent en dessous de la cabane. De la lumière filtrait entre les planches. Par-dessus le murmure de l'eau, ils entendirent : une longue suite saccadée de « tut » et « tutut », « tut » « tut » « tutut », « tut » « tututut », etc. « C'est du morse », dit Jacques, qui lisait des « illustrés » et avait tout compris. Jim envoyait un message, des messages à Londres.

étoile, ortie

Chapitre vingt et deux

Il serait pris. Fatalement il serait pris. Il avait beau se cacher, « émettre » rapidement et pas longtemps, on finirait par le trouver. Les Allemands viendraient l'arrêter. Et même s'ils n'arrêtaient pas tout le monde, ils les prendraient eux, Jacques et Dora. Que faire ? Soudain ils furent pris de panique. Ce serait aujourd'hui, ce serait demain. Que faire ? Le Vieux Bassin. Le tunnel. La chambre secrète dans le tunnel. Dora vit ce qu'il fallait faire. Ils prirent toutes leurs affaires, effacèrent toute trace de leur présence dans la maison, prirent dans le grenier des couvertures, deux sacs de couchage, des figues, des raisins, des tomates en train de sécher, plusieurs bouteilles d'eau. En deux trois nuits, ils installèrent leur cachette. Ils prirent l'habitude de ne plus entrer dans la maison que pour les repas. Personne ne s'inquiétait : depuis des semaines ils étaient toujours dehors, à vélo sur les routes, jouant dans le Parc Sauvage. On les voyait au repas. Ils étaient prêts. Et Vlad ? Fallait-il le prévenir ? Lui dire ce qu'ils avaient prévu de faire ? Il n'y avait pas assez de place pour lui dans la cachette. Mais, deux jours après la nuit de la cabane, Vlad partit. Camillou avait décidé qu'il valait mieux qu'ils ne partent pas tous les trois vers la montagne ; quelqu'un cacherait Vlad en attendant que la voie des Pyrénées soit ouverte. Dora et Jacques passeraient pour des petits-enfants de Camillou. Pour brouiller les pistes, une nuit, ils allèrent dans la cabane et ils emportèrent le poste de radio. Ils ne pensèrent pas un instant à ce que Jim penserait de la disparition de son appareil. On ne saurait penser à tout. Jim, en fait, n'en pensa rien. Pour une raison simple. Jim, qui avait subi un entraînement sévère dans les Highlands d'Écosse avant d'être parachuté sur la France, avait parfaitement reconnu les deux petits détectives. Il avait donc, dès le lendemain, changé son « fourbi » de place et mis dans la cabane un vieux Pathé-Marconi désaffecté qui traînait dans un cagibi.

tout dur dort – ai radio : dora

Chapitre vingt et trois

Ils attendirent deux jours et deux nuits. Les Allemands étaient venus un beau matin, vers dix heures. Ni Dora ni Jacques ne surent ce qui s'était passé exactement. Il y eut des bruits lointains, indéchiffrables. Il y eut des voix allemandes dans le parc, le premier matin. On ne les découvrit pas. Le surlendemain, leurs provisions épuisées, sentant qu'ils ne pouvaient plus rester là, et n'osant pas revenir dans la maison, persuadés qu'ils tomberaient dans un piège, ils se décidèrent à quitter leur cachette. Ils n'avaient pas bien dormi, inquiets de tous les bruits nocturnes. Ils n'avaient pas osé faire plus que quelques pas, la nuit, dans le bassin hors de leur refuge. Le soleil était éblouissant. Ils n'emportèrent presque rien avec eux. Dora, plus tard, se rendit compte qu'elle avait oublié, donc perdu, son Journal dans la cachette. Dora voulait rentrer chez elle, à Toulouse, Jacques chez les M., à C. Ils iraient tous les deux là, d'abord. Mais comment faire ? Ils n'avaient pas d'argent pour prendre le train. Mais comment aller à C. sans prendre le train ? Ils descendirent vers la gare à travers les vignes, les vignes vides, d'après vendanges, où ils se nourrirent des grappillons laissés par les grives. Ils imaginèrent monter dans un train sans prendre de billets, sans se faire voir. Contournant le bâtiment de la gare, ils allaient rejoindre le quai quand un cheminot leur fit signe. Il leur montra de la tête un groupe d'hommes postés sur le quai. Ils dévisageaient les voyageurs descendus d'un train qui venait juste d'arriver. « Il vaut mieux pas y aller », dit-il. Il ne leur posa pas de questions, les fit monter dans la cabine de son train, un train de marchandises qui s'en allait vers Toulouse.

surtout, sors

Seconde partie : 1992

En 1992, au début du premier été, calme, de sa retraite, Goodman reçut, à Saint Andrews, en Écosse, où il habitait, une lettre inattendue qui lui donna de l'émotion. Une madame G. lui écrivait qu'elle était la présente propriétaire de Sainte-Lucie. Au cours de travaux effectués au printemps avaient été découverts des « papiers » datant de la guerre. Avant de les restituer aux héritiers de Dora K., ils avaient pensé, son mari et elle, que lui, Goodman, aimerait en prendre connaissance. Ils pouvaient, bien sûr, en faire copie et les lui envoyer mais ils avaient pensé que, peut-être, il pourrait se déplacer jusque dans les Corbières et revoir ces lieux où il avait été presque deux mois enfant. Goodman répondit qu'il n'était jamais revenu dans la région depuis 1944, qu'il réfléchissait à sa proposition, hésita deux mois et finit par accepter. Monsieur et madame G. l'attendaient à la gare de L. La voiture s'engagea dans l'allée ornementale, à l'entrée de laquelle un grand panneau, innovation visiblement récente, annonçait SAINTE-LUCIE, s'arrêta devant la grande maison. Rien, en apparence, n'avait changé. En chemin madame G. expliqua qu'elle était petite-fille de Camillou, nièce de Teresa. Son père à elle était biologiste et vivait en Amérique. Après la mort des grands-parents, ni lui ni Teresa, qui était retournée en Catalogne après la mort de Franco, ne s'étaient occupés de la propriété qui était restée presque à l'abandon. Les jumeaux avaient grandi avec leur père, qui s'était remarié en 45 et avait rompu tout lien avec la famille de sa première femme. Son mari et elle s'y étaient installés au printemps. La grande pièce du rez-de-chaussée n'avait quasiment pas changé. Elle était seulement plus petite que dans son souvenir. Il y avait toujours le piano, le fauteuil, la table où on jouait aux cartes quand il pleuvait. Goodman attendait, le cœur serré.

Les Allemands recherchaient le poste émetteur. Jim, qui s'était enfui dans les vignes, fut rattrapé, envoyé en Allemagne dans un camp de prisonniers. Il s'évada, rejoignit la France et fut caché jusqu'à la Libération par des paysans français qui travaillaient pour l'Intelligence Service. Camillou, arrêté, avait été relâché après quelques semaines. Vlad, « donné » par le passeur en essayant de franchir les Pyrénées, mourut en déportation. Dora était revenue chez sa mère, sous la conduite de monsieur M. Les M. avaient recueilli le petit Jacques. « La suite, en ce qui vous concerne, vous la connaissez. » Dora était restée avec sa mère, qui n'avait pas voulu quitter Toulouse. Dénoncées par un voisin, elles avaient disparu dans un camp. Madame G. avait retrouvé la trace d'une cousine, qui vivait maintenant à Tel Aviv. Et son adresse à lui par Denis M., son ancien camarade de jeux. Goodman sut alors quels étaient ces « papiers » dont elle avait parlé dans sa lettre. Madame G. sortit de la pièce, revint, et posa sur la table le Journal de Dora. Il était dans sa boîte, avec son cadenas. Le Journal était en bon état. Il n'avait souffert ni de l'humidité ni des mulots. Sur la première page, Dora avait écrit : « Je m'appelle Dora K., de la classe… de l'école… rue… Ceci est mon Journal Secret. Ma maman s'appelle Raymonde. Elle est professeur de piano. En ce moment nous vivons avec mon oncle Vlad. C'est un grand pianiste mais il ne peut pas faire de concert à cause de la guerre. » Le Journal proprement dit venait après : « Demain, 4 septembre 1942, je pars à la campagne avec Vlad. J'ai un peu peur. Je ne sais pas quand nous nous reverrons, maman et moi… » Et chaque jour, jusqu'à celui de leur départ précipité, elle s'était confiée à ces pages, elle avait raconté. Goodman, lisant, se souvenait. Il y avait, entre les pages du Journal, des feuilles, de nombreuses feuilles de papier intercalées qui avaient intrigué madame G. Des suites de lettres, la plupart rayées, des dessins géométriques avec d'une lettre à l'autre des parcours indiqués par des flèches. Goodman expliqua qu'il s'agissait d'un jeu : on plaçait des lettres aux sommets du dessin. Il fallait bien choisir les lettres, suivre les parcours indiqués par les flèches sans jamais repasser par le même segment. Alors on obtenait une bout de phrase, ou une suite de deux ou trois mots. Ils jouaient tout le temps à ce jeu, Dora et lui, et ils s'efforçaient de trouver des solutions qui, d'une certaine manière, racontaient, en condensé, quelqu'un des événements d'une journée. Comme c'était très difficile, ils s'autorisaient souvent des parcours construits avec des mots plutôt qu'avec des lettres. Parfois, ils ne parvenaient à rien. Le résultat, même avec cette « facilité », n'était jamais très clair, très explicite. Mais Dora y tenait, s'obstinait. Et Goodman montra à madame G. le dernier de ces « messages », celui qu'ils avaient inventé dans leur cachette, la veille du matin où ils s'étaient enfuis :

surtout, sors

C'est à l'aide du Journal de Dora que le récit qui précède a été écrit. À la fin de chaque chapitre a été placé un des « messages géométriques » se rapportant, plus ou moins clairement, à son contenu.

On y joint ici, pour terminer, un dernier exemple, composé non par les enfants, pas par « Bonhomme Jacques » mais par « Goodman James » dans la langue qui était devenue la sienne :

tears at rest

DU MÊME AUTEUR

$\in$
Gallimard, 1967

Mono no aware :
le sentiment des choses
(cent quarante-trois poèmes empruntés au japonais)
Gallimard, 1970

Renga
Poésie
(en collaboration avec O. Paz, C. Tomlinson, E. Sanguineti)
Gallimard, 1971

Trente et un au cube
Poésie
Gallimard, 1973

Mezura
Poésie
Éditions d'Atelier, 1975

Autobiographie, chapitre dix
Poésie
Gallimard, 1977

Inimaginaire IV
Poésie
(en collaboration avec P.L. Rossi, P. Lartigue, L. Ray)
Privately printed. La Ferté Macé

Graal Fiction
Gallimard, 1978

La Vieillesse d'Alexandre :
essai sur quelques états récents du vers français
La Découverte, « Action poétique », 1978
Ramsay, 1988

Dors, *précédé de* Dire la poésie
Gallimard, 1981

Le Roi Arthur :
au temps des chevaliers et des enchanteurs
Hachette, « Échos / personnages », 1983

Les Animaux de tout le monde
(Poèmes illustrés par Marie Borel et Jean-Yves Cousseau)
Ramsay, 1983
Édition augmentée, Seghers, 1990

La Belle Hortense
Ramsay, 1985
Seghers, 1990
et Seuil, « Points » n° P202

Quelque chose noir
Poésie
Gallimard, 1986

La Fleur inverse :
essai sur l'art formel des troubadours
Ramsay, 1986
2e édition, Les Belles Lettres, 1994

La Bibliothèque oulipienne
(en collaboration avec Paul Fournel)
3 volumes, Seghers, 1987-1990

L'Enlèvement d'Hortense
Ramsay, 1987
Seghers, 1991
et Seuil, « Points » n° P212

Partition rouge
(en collaboration avec Florence Delay)
Seuil, « Fiction & Cie », 1988
et « Points Sagesses » n° Sa87

Le Grand Incendie de Londres
Récit, avec incises et bifurcations, 1985-1987
Seuil, « Fiction & Cie », 1989

Échanges de la lumière
Essai
Éditions Métailié, 1990

L'Hexaméron
(en collaboration)
Seuil, « Fiction & Cie », 1990

La Princesse Hoppy ou le Conte du Labrador
Hatier, « Fées et Gestes », 1990

L'Exil d'Hortense
Seghers, 1990
et Seuil, « Points » n° P224

Les Animaux de personne
(Poèmes illustrés par Marie Borel et Jean-Yves Cousseau)
Seghers, « Volubile », 1991

Impressions de France
Essai
Éditions Hatier, « Brèves », 1991

La Pluralité des mondes de Lewis
Poésie
Gallimard, 1991

L'Invention du fils de Leoprepes
Essai
Éditions Circé, 1993

La Boucle
Seuil, « Fiction & Cie », 1993

Monsieur Goodman rêve de chats
Poésie
Gallimard, « Folio Cadet or »,1994

Poésie etcetera, ménage
Essai
Stock, 1995

La Dernière Balle perdue
Fayard, « Libres », 1997

Ciel et terre et ciel et terre, et ciel
Flohic, « Musées secrets », 1997

L'Abominable Tisonnier de John McTaggart
Ellis McTaggart
et autres vies plus ou moins brèves
Seuil, « Fiction & Cie », 1997

Mathématique :
Seuil, « Fiction & Cie », 1997

Poésie :
Seuil, « Fiction & Cie », 2000

Quelque chose noir
Gallimard, « Poésie », 2001

La Bibliothèque de Warburg : version mixte
Seuil, « Fiction & Cie », 2002

Sous le soleil : vanité des vanités
Bayard, 2004

Ma vie avec le docteur Lacan
Éditions de l'Attente, 2004

Churchill 40 et autres sonnets de voyage 2000-2003
Gallimard, 2004

Graal théâtre
(avec Florence Delay)
Gallimard, 2005

Nous, les moins-que-rien, fils aînés de personne :
12 (+1) autobiographies
Fayard, « Alter ego », 2006

La forme d'une ville change plus vite, hélas,
que le cœur des humains :
cent cinquante poèmes, 1991-1998
Gallimard, « Poésie », 2006

Impératif catégorique
Seuil, « Fiction & Cie », 2008

RÉALISATION : PAO ÉDITIONS DU SEUIL
IMPRESSION : CORLET À CONDÉ-SUR-NOIREAU
DÉPÔT LÉGAL : JANVIER 2008. N° 91249-2 (111273)
IMPRIMÉ EN FRANCE